Au large
De moi-même

Lily Mcley

Au large
De moi-même

Roman

Cet ouvrage est une œuvre de fiction. Les noms, personnages, lieux et événements sont le produit de l'imagination de l'auteur ou sont utilisés de manière fictive. Toute ressemblance avec des personnes réelles, vivantes ou décédées, ou avec des situations existantes serait purement fortuite.

Titre : Au large de moi-même
Auteur : Lily Mcley
ISBN : 979-10-984650-6-2
Dépôt légal : Mars 2026

Couverture et maquette : Éditions Briorde
Mise en page : Éditions Briorde

*« On ne guérit pas en oubliant.
On guérit en comprenant pourquoi
on s'est laissé faire. »*

CHAPITRE

1

1

Le bateau tangue doucement sous mes pieds. Je pourrais m'asseoir. Beaucoup l'ont fait. Mais je reste debout, les doigts accrochés à la rambarde, comme si je craignais qu'on me demande de redescendre.

Le vent soulève mes cheveux et me pique les yeux. J'inspire profondément. L'air salé brûle un peu, mais cette brûlure-là a quelque chose de net. De compréhensible.

Derrière moi, le continent s'éloigne lentement.

Je ne me retourne pas.

Je ne sais pas si je pars pour de bonnes raisons.

Je ne sais même plus si mes raisons sont valables.

Peut-être que j'exagère.

Peut-être que je dramatise.
Il me l'a déjà dit.
Je serre un peu plus fort la rambarde.

Il n'a jamais été violent.
Jamais.
Il parle calmement.
Il explique.
Il rassure.

Alors pourquoi est-ce que je me sens comme si je manquais d'air ?

L'île apparaît à l'horizon, fine ligne sombre posée sur l'eau. Elle semble immobile. Stable. Loin.

Je me demande si quelques semaines suffiront à remettre de l'ordre dans mes pensées.

Ou si le problème vient de moi.

Un enfant rit derrière moi. Quelqu'un prend une photo. Le moteur vrombit régulièrement.

Tout est normal.

Je me répète que je pars juste pour me reposer.

Rien de plus.

Et pourtant, au fond de moi, quelque chose tremble.

Comme si je venais de faire un pas que je ne pourrai pas annuler.

Le bateau avance.

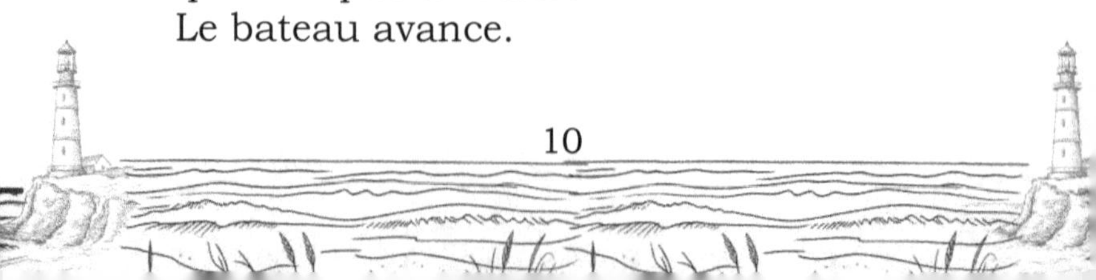

Je ne sais pas si je fuis... ou si j'essaie simplement de comprendre.

2

Le bateau ralentit. Le moteur change de rythme, plus grave, plus lent.

L'île n'est plus une ligne floue. Elle est là. Réelle.

Je distingue les maisons basses, les filets suspendus, les silhouettes qui attendent sur le quai. Des mouettes tournent au-dessus de nous en criant, comme si elles annonçaient notre arrivée.

L'odeur me surprend.

Bois mouillé. Sel. Poisson. Vent.

C'est brut. Rien à voir avec l'air filtré de mon appartement.

Je lâche enfin la rambarde quand le bateau heurte doucement le quai. Un léger choc. Pas violent. Juste assez pour me rappeler que je dois avancer.

Les passagers s'animent. On attrape les sacs, on appelle les enfants, on rit.

Je reste un peu en retrait.

Je regarde les autres descendre avec assurance. Certains semblent habitués. Ils saluent déjà quelqu'un d'un geste de la main. Ils savent où ils vont.

Moi, je serre la lanière de ma valise.

Je me demande si ça se voit.

Si ça se voit que je ne suis pas sûre de moi.

Si ça se voit que je doute encore d'avoir eu raison.

Le bois du quai craque sous mes pas quand je descends enfin. Il est humide, légèrement glissant.

Je fais attention. Trop attention.

Une femme me dépasse en riant. Elle marche vite, sans hésiter.

Je me sens plus lente.

Plus étrangère.

Le vent colle le sel à ma peau. Il sèche presque aussitôt. J'ai l'impression qu'il enlève quelque chose, couche après couche.

Ou peut-être que j'imagine.

Je me répète que je suis ici pour me reposer.

Mais au fond, je crois que je suis venue vérifier si le problème vient vraiment de moi.

3

Je quitte le quai en suivant le flot des passagers, puis je m'en détache presque aussitôt.

Les ruelles pavées commencent juste après le port. Elles montent légèrement, bordées de petites maisons serrées les unes contre les autres. Les volets sont colorés — bleu pâle, vert d'eau, jaune délavé —

comme si chacun avait voulu attraper un morceau de ciel.

Je cherche du regard.

Volets orange.

En bordure de mer.

C'est ce qu'indiquait l'annonce.

Ma valise roule difficilement sur les pavés. Les roues vibrent, accrochent parfois. Le bruit résonne trop fort à mon goût. J'ai l'impression d'attirer l'attention.

Quelques habitants discutent devant une porte ouverte. Un homme répare un filet de pêche, assis sur une caisse retournée. Une vieille dame arrose des plantes qui débordent d'un balcon.

Ils ont l'air d'appartenir à cet endroit.

Je baisse légèrement les yeux en passant devant eux.

Je me demande s'ils voient tout de suite que je ne suis pas d'ici.

Que je ne sais pas encore comment poser mes pieds sans hésiter.

Le vent s'engouffre dans la ruelle et soulève l'odeur de sel et d'algues. Elle s'accroche à mes vêtements, à mes cheveux. Je la sens jusque sur mes lèvres.

C'est brut. Vivant.

Je monte encore quelques mètres.

Mon cœur bat plus vite, sans raison précise.

Je pourrais toujours repartir.

Le bateau fera le trajet inverse dans quelques heures.

Cette pensée me traverse brièvement.

Je m'arrête.

Non.

Je ne suis pas venue jusqu'ici pour faire demi-tour au premier doute.

Au bout de la ruelle, la mer apparaît entre deux maisons. Immense. Plus proche encore qu'au port.

Et là, je la vois.

Une façade claire.

Des volets orange.

Un petit jardin étroit qui descend presque jusqu'à l'eau.

Je reste immobile quelques secondes.

Ce n'est qu'une maison.

Mais j'ai l'impression de me tenir devant quelque chose de plus grand que moi.

4

La clé tourne difficilement dans la serrure, comme si la maison hésitait encore à m'accepter. Je pousse la porte et le silence m'accueille aussitôt.

Ce n'est pas un silence pesant ni inquiet. C'est un silence simple, presque bienveillant, qui s'installe autour de moi sans me juger. Lorsque je referme la porte derrière moi, les bruits du port disparaissent, étouffés par les murs épais. L'odeur du bois sec se mêle à celle du linge propre, avec, en arrière-plan, cette légère présence du sel que le vent transporte jusque dans les pièces.

Je pose ma valise près du mur et reste quelques secondes immobile au milieu du salon. Personne ne parle. Personne ne soupire. Personne ne me demande si je suis sûre de moi. Cette absence de voix me désoriente presque.

Alors c'est ça, le calme.

Je m'approche de la baie vitrée. La mer s'étend à quelques mètres seulement, vaste et mouvante, teintée de reflets gris argent sous la lumière qui décline. Les vagues avancent avec régularité, sans urgence, commc si le temps avait décidé de ralentir ici.

Je pose la main contre la vitre fraîche et j'inspire lentement. L'air salé glisse dans mes poumons et, pour la première fois depuis longtemps, je sens quelque chose en moi s'apaiser. Ce n'est pas spectaculaire. Ce n'est pas une délivrance. C'est fragile, presque timide, comme une eau qui cesse enfin de frissonner après une tempête.

En plissant les yeux, j'aperçois au loin une silhouette sur la bande sombre du sable humide. Un homme marche seul, les mains dans les poches, penché légèrement contre le vent. Il avance sans se presser,

comme s'il connaissait chaque repli du rivage.

Puis il s'arrête.

Net.

La mer continue de battre la plage. Les mouettes crient dans le ciel. Mais lui ne bouge plus. Son corps semble orienté vers la maison, vers la baie vitrée derrière laquelle je me tiens.

Mon souffle se suspend. Je fais un pas en arrière, presque malgré moi, et le rideau glisse entre mes doigts. Je me cache derrière le tissu, consciente du geste un peu enfantin, mais incapable de faire autrement. La maison me semblait vaste et paisible il y a quelques secondes ; elle devient soudain trop ouverte, trop exposée.

Mon téléphone vibre dans ma main et je sursaute. Son prénom s'affiche à l'écran. Immédiatement, mon ventre se serre.

Tu es où ?
Tu pourrais prévenir quand tu pars.
Moi, je te préviens tout le temps.

Je relis les mots plusieurs fois. Je cherche la dureté, l'accusation franche qui me permettrait de m'indigner. Il n'y en a pas. Seulement cette remarque presque anodine, cette façon subtile de me rappeler ce que je devrais faire, ce que je devrais être.

Je lève les yeux vers la plage. La silhouette s'est remise en marche, avalée peu à peu par la pénombre.

Le téléphone vibre encore dans ma paume. Je pourrais répondre. Expliquer. Rassurer. Reprendre ma place sans créer de remous.

Mais je ne réponds pas tout de suite.

Pour une fois, je laisse le silence faire le travail.

5

Je me réveille plus tôt que prévu.

Pendant quelques secondes, je ne sais pas où je suis. Le plafond blanc au-dessus de moi m'est étranger, tout comme la lumière pâle qui filtre à travers les rideaux. Puis le bruit discret des vagues me ramène à la réalité.

La mer.

Je reste allongée sans bouger. Le silence est encore là, mais il n'a plus tout à fait la même texture que la veille. Il ne me surprend plus ; il m'enveloppe doucement, comme une couverture trop légère pour étouffer.

Mon téléphone repose sur la table de nuit. L'écran est noir.

Je n'ai pas répondu.

Je ne sais pas encore si c'est un acte de courage ou simplement une fatigue passagère.

Je me lève et marche pieds nus jusqu'à la cuisine. Le carrelage est froid sous mes pieds. J'ouvre les fenêtres. L'air du matin entre aussitôt, chargé d'odeurs marines et d'humidité fraîche. On entend quelques voix au loin, des pas, le claquement d'une porte.

La vie commence doucement.

Je prépare un café et m'installe près de la baie vitrée. La lumière du jour révèle des détails que je n'avais pas vus la veille : les herbes hautes qui bordent le petit jardin, les pierres plates qui mènent presque jusqu'à l'eau, les traces laissées par la marée sur le sable.

Je me surprends à imaginer rester ici plus longtemps que prévu.

L'idée me fait à la fois du bien et me serre la poitrine.

Mon téléphone s'allume soudain.

Un nouveau message.

Tu dors encore ?
Je m'inquiète, Clara.

Je relis la phrase.

Il s'inquiète…

C'est ce qu'il fait toujours. Il s'inquiète quand je ne réponds pas assez vite, quand

je prends une décision sans lui en parler, quand je change légèrement d'horaire. Son inquiétude a souvent ressemblé à de l'attention. Je me suis longtemps dit que j'avais de la chance.

Je pose le téléphone face contre la table.

Je n'ai pas envie d'expliquer pourquoi je me suis levée tôt.

Ni pourquoi je regarde la mer comme si elle pouvait me donner une réponse.

Au loin, une silhouette avance de nouveau sur la plage.

La même démarche tranquille. Le même pas régulier.

Je reste immobile à l'observer cette fois. Je ne me cache pas.

Il s'arrête près de l'eau, se penche, semble ramasser quelque chose. Un morceau de bois, peut-être. Ou un filet abandonné. Il le dépose plus haut, hors de portée des vagues, puis reprend sa marche.

Il n'a toujours pas levé les yeux vers la maison.

Et pourtant, j'ai l'étrange sensation que sa présence ne dérange pas le silence.

Elle l'accompagne.

Je porte ma tasse à mes lèvres. Le café est chaud, presque trop. Je me brûle légèrement, et cette sensation me ramène à quelque chose de simple, de concret.

Je suis ici.

Pour quelques semaines seulement, me répété-je.

Quelques semaines pour comprendre pourquoi j'ai eu besoin de partir sans prévenir.

Quelques semaines pour vérifier si je dramatise vraiment.

La mer continue son va-et-vient régulier.

Et pour la première fois depuis longtemps, je ne ressens pas l'urgence de répondre à quelqu'un.

Je laisse le téléphone sur la table.

L'écran finit par s'éteindre de lui-même.

Le silence revient, intact. Il ne me reproche rien. Il ne me presse pas.

Je m'installe sur le canapé, les jambes repliées sous moi, et j'observe la mer sans vraiment la regarder. La silhouette a disparu depuis plusieurs minutes déjà, mais je garde l'impression étrange qu'elle fait désormais partie du paysage.

Je me demande si lui aussi m'a vue.

Cette pensée ne m'effraie pas autant qu'elle le devrait.

Je ferme les yeux quelques secondes. Le bruit des vagues traverse la pièce, régulier, presque apaisant. Ici, personne ne me demande d'expliquer mes silences. Personne ne semble les interpréter.

C'est nouveau.

Je me lève finalement pour ouvrir davantage la fenêtre. L'air du soir entre,

plus frais. Il soulève légèrement les rideaux et fait frissonner la pièce.

Je réalise que je n'ai rien prévu pour dîner.

Je pourrais descendre au port chercher quelque chose.

Ou rester ici.

Je choisis de rester.

Je mange simplement, debout dans la cuisine, sans télévision allumée, sans bruit de fond. Cette simplicité me paraît étrange, presque trop nue. Pourtant, je ne cherche pas à la combler.

Avant de me coucher, je jette un dernier regard à la mer.

La plage est vide.

Je me surprends à être un peu déçue.

6

Le lendemain, je me réveille avant que le jour ne s'installe complètement.

La lumière est encore pâle, presque hésitante, et pendant quelques secondes je reste immobile à écouter. Aucun bruit de voix, aucun moteur au loin. Seulement la mer, régulière, fidèle, comme si elle n'avait pas bougé depuis la veille.

Je me dis que c'est le bon moment.

S'il faut sortir, autant le faire quand personne ne regarde.

Je m'habille simplement, enfile un pull léger et descends les quelques marches qui mènent directement au sable. L'air du matin est plus frais, chargé d'une humidité douce qui se dépose sur la peau sans la piquer. La plage est presque vide. Quelques traces de pas anciens marquent encore le sable humide laissé par la marée.

Je commence à marcher sans réfléchir à la direction, mais mes pas me guident naturellement vers le phare, silhouette droite dressée au loin contre l'horizon. Au début, je surveille ma respiration comme si j'avais peur qu'elle s'emballe, puis peu à peu mon corps trouve son rythme. Le bruit régulier des vagues finit par couvrir celui de mes pensées.

Je réalise que je n'ai pas consulté mon téléphone depuis mon réveil.

Cette absence me surprend plus que je ne l'aurais cru.

Le phare se rapproche lentement. Je m'arrête quelques instants pour regarder l'eau frapper les rochers. Ici, tout semble avoir sa place. Même le vent ne cherche pas à s'imposer.

Je reste là plus longtemps que prévu, puis je fais demi-tour.

C'est sur le chemin du retour que je le vois.

Il marche dans ma direction, à une distance suffisante pour que je ne distingue pas encore les détails de son visage, mais assez proche pour que je reconnaisse aussitôt sa silhouette. La même que depuis la fenêtre. La même présence tranquille qui semblait appartenir à la plage.

Nos trajectoires sont droites, parallèles à la mer. Il n'y a personne d'autre autour de nous. L'espace est vaste, et pourtant je sens une tension discrète dans mes épaules.

À mesure que la distance se réduit, mon regard se fixe sur le sable devant moi. Je calcule inconsciemment l'endroit où nos pas se croiseront. Il marche près de la ligne laissée par la marée. Je suis plus haut, vers les dunes.

Quelques mètres avant que nos chemins ne se rejoignent, je me décale.

Un mouvement simple, presque imperceptible, mais volontaire. Je m'écarte davantage vers la partie sèche du sable, comme si je devais matérialiser une frontière invisible. Je ralentis légèrement, feignant d'observer l'eau pour lui laisser l'espace.

Ce geste me rassure. Il réduit l'imprévu. Il maintient une distance de sécurité.

Lorsqu'il arrive à ma hauteur, nos regards se croisent malgré moi. Son expression est calme, neutre, sans curiosité appuyée. Il ne tente ni de s'approcher ni de ralentir. Il semble accepter l'espace que j'ai créé sans chercher à le réduire.

Il incline très légèrement la tête, comme une reconnaissance discrète.

Je réponds par un hochement presque imperceptible, sans sourire.

Il continue sa marche.

Je sens le vent glisser entre nous comme un mur invisible. Quand il s'éloigne derrière moi, je réalise que ma respiration s'était raccourcie sans que je m'en aperçoive. Je relâche doucement mes épaules.

Il ne m'a rien demandé.

Il n'a pas cherché à parler.

Et pourtant, je me suis protégée comme si j'anticipais une intrusion.

Je poursuis ma route vers la maison, troublée par ma propre réaction.

Je ne sais pas si je me méfie de lui.

Ou de moi.

7

Je rentre plus tôt que prévu.

La maison m'accueille avec le même silence que le matin, mais il ne me paraît plus aussi léger. Je referme la porte derrière moi et reste quelques secondes appuyée contre le bois, comme si j'avais besoin de sentir quelque chose de solide.

Je défais ma valise lentement. Chaque vêtement trouve sa place dans l'armoire, chaque objet rejoint une surface encore trop nette. Je plie, je range, je déplace. Puis je recommence. J'occupe mes mains pour éviter que mes pensées ne prennent toute la place.

Mais elles reviennent toujours.

Je m'installe à la table, puis sur le canapé, puis je me lève sans raison apparente. Je tourne en rond dans une maison pourtant paisible, incapable de trouver un point d'ancrage. La mer est là, derrière la baie vitrée, immense et régulière, mais à l'intérieur tout reste confus.

« Qu'est-ce que je fais ici ? »

La question s'impose sans prévenir.

Je me l'étais déjà posée la veille, mais elle prend plus de poids en plein jour. Partir sans prévenir vraiment. Sans expliquer. Sans être certaine.

Peut-être que j'exagère.

Peut-être que je dramatise.

Je me revois face à lui, à la table de la cuisine. La lumière du soir tombait sur le carrelage et je coupais des légumes sans vraiment y penser. Je lui avais posé une question simple, presque automatique.

— Comment s'est passée ta journée ?

Une question banale. Celle qu'on pose quand on partage une vie avec quelqu'un.

Il avait levé les yeux vers moi. Pas fâché. Pas agressif. Juste ce regard qui semblait demander pourquoi je posais cette question.

Puis sa voix était devenue plus lente.

— Qu'est-ce que j'ai encore fait ?

Je m'étais arrêtée de couper, surprise par cette réaction qui revenait si souvent.

— Rien… pourquoi ?

Il avait soupiré doucement.

— J'essaie juste de comprendre ce que j'ai encore dit ou fait de mal.

En quelques secondes, ce n'était plus sa journée qui comptait. C'était la mienne. Mon ton. Mon expression. Ma manière d'être.

Je me retrouvais à expliquer que je demandais simplement. Que je ne reprochais rien. Que je voulais juste savoir comment s'était passée sa journée, comme chaque soir.

Il hochait la tête, puis le silence s'installait. Pas de dispute. Pas d'éclat. Il finissait dans le canapé, devant les informations, comme si rien ne s'était passé.

Et moi, je restais avec cette impression d'avoir tout compliqué pour rien.

Je reviens au salon.

Les larmes arrivent sans prévenir. D'abord discrètes, puis plus lourdes. Je m'assieds sur le canapé et je laisse mes épaules tomber. Je pleure pour toutes ces fois où je me suis demandé si j'étais trop

sensible. Pour ces moments où j'ai fini par croire que je compliquais tout. Que je posais trop de questions. Que je ne savais pas me taire au bon moment.

Le mot me traverse avec une brutalité sourde.

Inutile.

À force de vouloir lui convenir, je me suis perdue quelque part en chemin.

Je ne sais plus exactement quand cela a commencé. Peut-être le jour où j'ai préféré me taire plutôt que d'expliquer. Peut-être la première fois où j'ai cru que son silence valait mieux qu'un désaccord. Peut-être bien avant.

Je me suis adaptée, ajustée, polie dans les angles pour que rien ne dépasse.

Et aujourd'hui, face à cette mer immense, je ne sais plus très bien quelle part de moi est restée intacte.

La journée glisse sans que je la voie vraiment passer. La lumière change lentement dans la pièce, s'étire sur le sol, remonte le long des murs. Je reste là, parfois debout face à la mer, parfois recroquevillée dans un coin du canapé, incapable de trouver une réponse claire.

Je voudrais être certaine d'avoir bien fait.

Je voudrais ressentir un soulagement franc.

Mais je ne ressens qu'un vide instable et cette question qui revient sans cesse et si je m'étais trompée ?

Lorsque le soir tombe, mes yeux sont lourds et ma gorge brûlante. Je me lève pour allumer une lampe. La maison paraît plus petite dans la pénombre.

Je m'approche de la baie vitrée.

La mer est toujours là.

Indifférente à mes hésitations.

Et malgré mes larmes, malgré mes doutes, je ne ressens toujours pas l'urgence de rentrer.

8

La nuit s'installe lentement, sans brutalité.

La lumière quitte les murs un à un, glisse vers le sol puis disparaît derrière la baie vitrée. Je reste quelques minutes à observer la mer s'assombrir, comme si elle absorbait le reste du jour.

Je pourrais aller me coucher.

Je devrais probablement me reposer.

Mais rester enfermée après cette journée me semble soudain plus difficile que d'affronter l'air du soir.

J'enfile une veste et descends les quelques marches qui mènent au sable. L'air est plus frais, chargé d'une odeur d'algues et d'humidité. La plage est presque vide. On entend seulement le ressac régulier et, plus loin, le cri isolé d'une mouette retardataire.

Je marche sans réfléchir, laissant mes pas décider pour moi.

La nuit a quelque chose de rassurant. Elle dissimule les regards. Elle atténue les contours. Elle rend les silhouettes moins nettes.

Je me sens moins exposée.

Le sable est plus froid sous mes semelles. La mer reflète quelques lueurs venues du port. Le phare, au loin, cligne lentement, comme un battement régulier.

Je marche longtemps sans penser à rien de précis.

Puis jc lc vois.

Sa silhouette se détache dans la pénombre, à une distance que je commence presque à reconnaître instinctivement. Il marche dans ma direction, le pas tranquille, comme le matin.

Mon corps réagit avant moi.

Je ralentis légèrement.

Je ne me décale pas cette fois, mais je garde une distance suffisante pour que nos trajectoires ne se frôlent pas.

Lorsqu'il arrive à ma hauteur, il ne semble ni surpris, ni dérangé.

Il me regarde simplement.

Ses traits sont moins distincts dans l'obscurité, mais son regard est clair.

— Bonsoir.

Sa voix est calme, posée, sans la moindre insistance.

Un seul mot.

Je sens ma gorge se serrer légèrement. Ce n'est qu'un bonsoir. Rien de plus.

— Bonsoir.

Le mot sort doucement, presque timide.

Il hoche la tête, comme le matin, puis continue sa marche sans ralentir.

Je reste quelques secondes immobile, le cœur un peu plus rapide que nécessaire.

Il ne m'a rien demandé.

Il n'a pas cherché à engager la conversation.

Il a simplement existé à côté de moi, sans réduire l'espace.

Je reprends ma marche vers la maison.

La nuit me semble un peu moins lourde.

9

Le lendemain matin, je retourne sur la plage plus tôt encore.

La nuit a laissé une fine couche d'humidité sur le sable. L'air est clair, presque transparent, et le phare s'éteint lentement comme s'il rendait le relais au jour.

Je marche un moment, puis je m'arrête près d'une petite butte de sable formée par le vent. De là, la vue est légèrement plus haute, plus dégagée. On distingue mieux la ligne d'horizon et le mouvement régulier des vagues.

Je m'assieds.

Je sors le livre que j'ai glissé dans la poche de ma veste. Les pages se soulèvent doucement sous la brise et je les maintiens d'une main distraite. Lire ici n'a rien à voir avec lire dans le silence fermé d'un salon. La mer accompagne les phrases, les rend plus larges.

Je suis absorbée depuis quelques minutes quand une présence traverse mon champ de vision.

Je relève les yeux.

Il passe plus bas, près de la ligne laissée par la marée.

Je crois d'abord qu'il ne m'a pas vue.

Puis, au moment où il arrive à ma hauteur, il tourne légèrement la tête.

Son regard accroche le mien.

Il ralentit à peine. Juste le temps de lever la main dans un geste simple, tranquille, comme une évidence.

Un bonjour sans mot.

Je reste immobile une fraction de seconde, surprise qu'il ait pris ce temps-là.

Je lève la main à mon tour, presque timidement.

Il incline légèrement la tête, puis reprend sa marche sans s'arrêter, sans insister, sans chercher à prolonger l'instant. Je le regarde s'éloigner.

Il n'a rien exigé.
Il n'a rien expliqué.
Il n'a rien attendu.

Il a simplement reconnu ma présence. Et il est parti.

Je reste assise sur ma butte de sable, le livre ouvert sur les genoux, avec cette sensation étrange que quelque chose vient de changer.

Pas autour de moi.

En moi.

Je baisse les yeux vers les pages.

Les mots me semblent plus clairs.

10

En rentrant de la plage, je sens quelque chose de différent. Ce n'est pas une euphorie, ni un grand soulagement, simplement une énergie plus légère, presque inattendue. Comme si l'air circulait enfin dans un espace resté trop longtemps fermé.

J'ouvre les fenêtres en grand et laisse entrer le vent chargé d'odeur marine. Sans

trop réfléchir, je lance un peu de musique depuis mon téléphone. Une mélodie douce, solaire, qui accompagne le bruit des vagues sans chercher à le couvrir. Le simple fait d'entendre une autre présence que mes pensées me fait du bien.

Je me prépare un thé vert bien frais. J'observe l'eau frémir, la vapeur s'élever, le sachet diffuser lentement sa couleur. Je prends le temps, chose que je ne faisais plus vraiment ces derniers mois. Puis je m'installe sur le canapé, l'ordinateur posé sur les genoux.

Je n'ai pas de plan précis. Pas d'objectif défini.

J'ouvre Instagram presque machinalement.

L'écran s'illumine, et je reste figée quelques secondes.

C'est comme si je découvrais mon propre compte pour la première fois. Mon regard glisse sur les publications et je sens une grimace involontaire étirer mes lèvres.

— Beurk.

Je déglutis légèrement.

Mais ça ne ressemble à rien.

Du gris, du noir, des citations sur la solitude, sur la fatigue, sur la résilience. Des phrases qui se veulent profondes mais qui me paraissent soudain creuses, sans relief, sans chaleur. Rien ne raconte ce que j'aime vraiment. Rien ne parle des livres qui m'ont accompagnée, des histoires qui m'ont tenue debout, des mots qui m'ont parfois sauvée.

Je fais défiler encore, cherchant un éclat, une couleur, une trace de moi.

Il n'y en a pas.

Je clique sur le nombre d'abonnés. 861. Je me souviens des 2 500 d'autrefois, des stratégies maladroites, des “follow for follow”, de ces comptes qui promettaient de la visibilité mais qui ne lisaient jamais une ligne de mes textes. J'avais voulu grandir vite. J'avais oublié de construire.

Je referme l'ordinateur quelques secondes, comme pour respirer.

Puis je le rouvre.

Si ce compte ne me ressemble plus, rien ne m'empêche de le transformer. Je commence à archiver les publications qui ne me parlent plus. Une à une. Sans colère, sans regret. Simplement avec la sensation de retirer des couches inutiles. Je supprime les abonnements qui n'ont aucun lien avec la lecture. Je trie, j'allège, je nettoie.

Peu à peu, l'écran se vide.

Et ce vide ne m'effraie pas.

Je commence à réfléchir à ce que je veux vraiment montrer : des livres ouverts au bord de la mer, des pages annotées, des phrases qui m'ont bouleversée, des coins de lecture baignés de lumière. Quelque chose

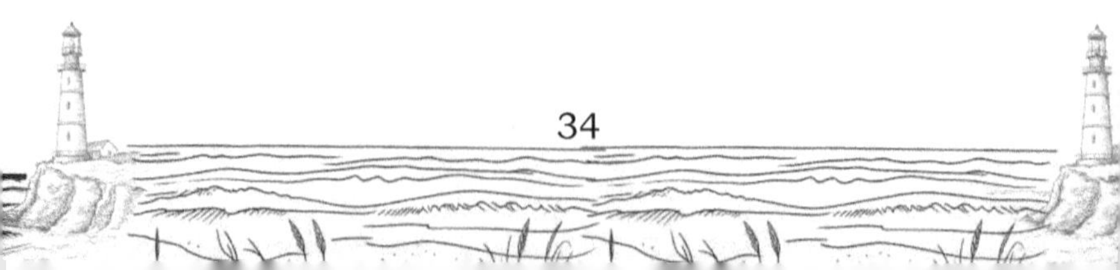

de vivant, de sincère, même si c'est plus petit.

Pour la première fois depuis longtemps, je ne cherche pas à plaire. Je cherche à me reconnaître.

La musique continue en fond. Le thé a refroidi dans ma tasse. La maison est baignée de lumière, et en réorganisant ces images, j'ai l'impression de reprendre le contrôle de quelque chose en moi.

Je ne sais pas encore exactement quoi.

Mais je sens que ce n'est pas anodin.

11

Le lendemain matin, je retrouve presque machinalement le chemin de la plage. La fraîcheur de l'air me saisit dès que je descends sur le sable, mais je m'y habitue plus vite que les jours précédents. Mes pas sont plus assurés. Je ne regarde plus constamment derrière moi.

Je marche jusqu'au phare, puis je reviens tranquillement. Comme prévu, je le croise sur le chemin du retour. La distance entre nous reste la même, naturelle désormais. Il incline légèrement la tête en passant, et je réponds d'un signe bref. Rien de plus. Aucun mot. Aucun malaise.

Et pourtant, cette simplicité m'accompagne longtemps après qu'il s'est éloigné.

Arrivée devant la maison, je m'arrête un instant sur les marches. L'air sent le sel et la lumière est déjà plus franche. Sans trop réfléchir, une idée s'impose.

Et si je me faisais un vrai déjeuner ?

Un citron vert, des huîtres, quelques crevettes fraîches. Quelque chose de simple, mais choisi.

Je monte chercher un panier en osier trouvé dans la cuisine et, presque dans le même mouvement, je repars en direction du port.

Le marché s'étale le long du quai, coloré, bruyant, vivant. Les étals débordent de poissons argentés, de coquillages encore humides, de légumes aux teintes éclatantes. Les voix se superposent, les rires fusent, les enfants circulent entre les jambes des adultes.

Je m'arrête net.

Mon corps se tend sans que je le décide. Le bruit me percute plus que prévu. Les conversations me semblent trop proches, trop rapides. Pendant une seconde, j'envisage de faire demi-tour.

Je reprends mon souffle.

Je me répète que je peux traverser cette foule. Que personne ne me regarde

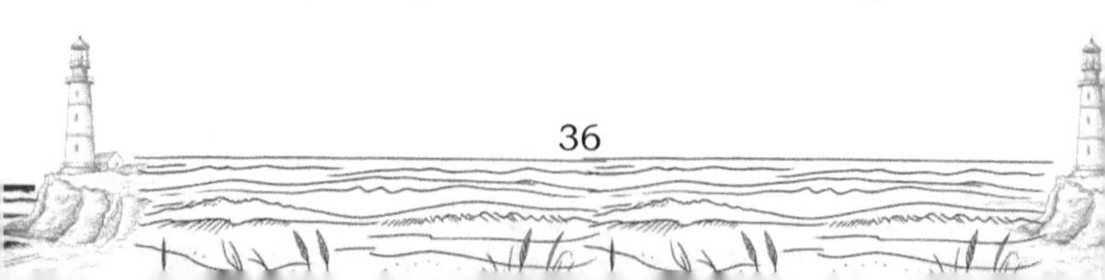

vraiment. Que je ne suis qu'une silhouette parmi d'autres.

Mes doigts se resserrent sur l'anse du panier.

Je fais un pas.

Puis un autre.

La traversée me paraît plus longue qu'elle ne l'est réellement. Je m'efforce de ne pas baisser les yeux, de ne pas accélérer. Je contourne un groupe, j'évite une caisse posée au sol, j'esquisse un léger sourire quand quelqu'un me laisse passer.

Et soudain, je me retrouve devant un étal d'huîtres.

Les coquilles brillent encore d'humidité. Une femme se tient derrière la table, les mains sûres, rapides, habituées. Elle ouvre une huître d'un geste précis, sans effort apparent.

Je lève les yeux vers elle au moment où elle relève les siens vers moi.

Nos regards se croisent.

Il est clair, franc, mais pas insistant. Elle a ce sourire tranquille de ceux qui sont habitués aux gens et qui ne cherchent pas à les percer à jour.

— Bonjour, dit-elle en essuyant ses mains sur un torchon.

Sa voix est posée, légèrement rocailleuse, comme polie par le vent.

Je mets une seconde de trop à répondre.

— Bonjour.

Je désigne les huîtres d'un geste un peu maladroit.

— Je... je voudrais une douzaine. Et peut-être des crevettes.

Elle hoche la tête, déjà en train de sélectionner les plus belles.

— Pour combien de personnes ?

La question est simple. Banale.

Je sens pourtant une chaleur me monter aux joues.

— Une seule.

Elle relève les yeux vers moi, pas avec surprise, pas avec pitié. Juste avec une attention tranquille.

— Alors on va vous choisir les meilleures.

Elle ouvre une huître avec précision, la dépose dans la bourriche, puis enchaîne avec une autre.

— Vous êtes arrivée récemment, non ?

Je m'arrête.

— Ça se voit tant que ça ?

Elle esquisse un sourire.

— Pas comme vous croyez. Ceux d'ici marchent vite. Vous, vous regardez.

Sa remarque ne me blesse pas. Elle ne sonne pas comme un jugement. Plutôt comme un constat.

Je laisse échapper un souffle presque amusé.

— J'essaie de m'habituer.

— Prenez votre temps, répond-elle simplement. L'île ne bouge pas.

Elle ajoute quelques crevettes dans un sachet, glisse un citron vert dans mon panier sans me demander mon avis.

— Ça va avec.

Je la regarde, surprise.

— Merci.

Elle hausse les épaules.

— C'est toujours meilleur avec un peu d'acidité.

Je ne sais pas si elle parle des huîtres.

Je paie, récupère mon panier. Avant de partir, elle me lance :

— Si vous cherchez du bon poisson demain matin, venez tôt. Je suis là avant tout le monde.

Ce n'est pas une invitation appuyée. Juste une information.

Je hoche la tête.

— D'accord.

En m'éloignant du stand, je réalise que mes épaules sont plus détendues qu'en arrivant. La foule est toujours là. Le bruit aussi. Mais quelque chose a changé.

Je ne me suis pas sentie de trop.

12

Je rentre par les ruelles pavées, le panier serré contre moi. Le marché bruisse encore derrière mon dos, mais le vacarme

s'estompe peu à peu, remplacé par le souffle régulier de la mer.

En franchissant la porte de la maison, je ressens une satisfaction simple. Pas spectaculaire. Juste la sensation d'avoir fait quelque chose pour moi.

Je rince les huîtres sous l'eau froide, j'essuie le citron vert, je dispose les crevettes dans une assiette blanche. Les gestes sont précis, presque méditatifs. Le couteau glisse dans la chair du citron, l'odeur acidulée se mélange au sel de l'air.

Je m'installe face à la baie vitrée. La mer s'étend devant moi, immense et indifférente, mais aujourd'hui elle ne me semble pas hostile. Je presse quelques gouttes de citron sur une huître et la porte à mes lèvres. Le goût est vif, franc, presque brutal au début, puis il s'adoucit.

Je ferme les yeux une seconde.

C'est simple. C'est bon.

Personne ne me regarde. Personne ne me demande si j'ai choisi le bon plat. Personne ne commente la quantité.

Je mange lentement, en silence, bercée par le mouvement des vagues. Cette solitude-là n'a rien d'écrasant. Elle a quelque chose de choisi.

Une fois le repas terminé, je reste assise quelques minutes à observer la lumière qui danse sur l'eau. Puis mon regard se pose

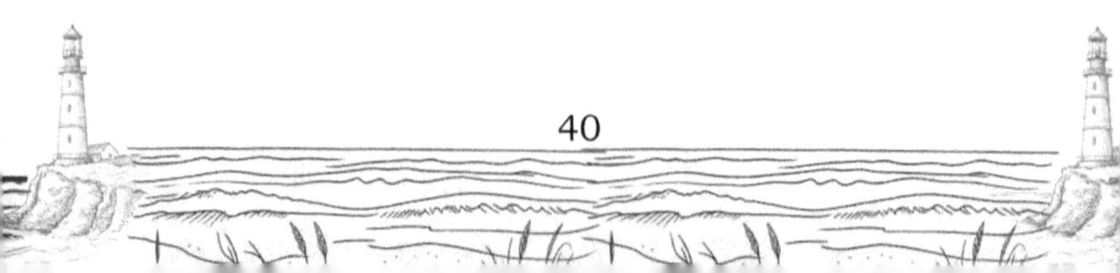

sur l'ordinateur laissé ouvert sur la table basse.

Je le reprends sans précipitation.

Le feed me paraît déjà moins hostile qu'hier, peut-être parce que j'ai commencé à l'alléger. Mais il manque encore quelque chose.

De la couleur.

Je fais défiler quelques comptes que j'admire. Certains sont baignés de tons chauds, orangés, presque dorés. D'autres jouent avec des bleus profonds, des verts apaisants. Je me surprends à imaginer ce que donneraient des photos prises ici, au bord de l'eau, avec la lumière du matin.

Je m'arrête sur une image : un livre posé sur du sable clair, entouré de coquillages.

Je souris.

Pourquoi ai-je toujours choisi des filtres froids et les arrière-plan noires ?

Je repense à ces dernières années, à ce besoin de sobriété, presque de discrétion ou plutôt la joie qui s'est éteinte en moi. Comme si la couleur attirait trop l'attention. Comme si elle risquait de déranger.

Je teste un filtre plus chaud sur une ancienne photo. La couverture du livre prend une teinte plus vivante. Le bois de la table paraît plus lumineux.

Je penche la tête et me dis : ce n'est qu'une image.

Et pourtant, je sens quelque chose se déplacer.

Choisir une couleur, c'est déjà choisir une direction. Non !? fin... c'est ce que je pense.

Je n'ai pas encore toutes les réponses sur ce que je veux aujourd'hui. Mais je peux commencer par décider des nuances que j'accepte de laisser entrer dans ma vie.

Je referme doucement l'ordinateur.

Dehors, la mer continue son va-et-vient.

Et pour la première fois depuis longtemps, je n'ai pas l'impression d'attendre une validation.

13

Je viens à peine de refermer l'ordinateur lorsque mon téléphone vibre sur la table basse. Le son, pourtant discret, me traverse plus fort que je ne l'aurais imaginé. Mon regard se pose dessus presque malgré moi, et je reconnais son prénom avant même d'avoir pris l'appareil en main.

Pendant quelques secondes, je reste immobile. La mer continue de bouger derrière la vitre, la lumière joue sur l'eau et la musique diffuse encore une douceur fragile dans la pièce. L'instant était léger. Il l'est un peu moins.

J'ouvre le message.

Il n'y a ni salutation ni préambule. Juste une phrase brève.

Il me demande quand je compte rentrer.

Je fixe l'écran sans répondre. Ce n'est pas une question inquiète. Ce n'est pas une demande affectueuse. C'est une information qu'il estime lui être due. Je le sens dans le ton, même s'il n'y a que quelques mots.

Un second message arrive presque aussitôt. Il ajoute que les voisins ont demandé après moi. Je fronce légèrement les sourcils. Les voisins ne demandent jamais après moi. Je le sais. Mais la formulation est habile. Ce n'est plus lui qui insiste. Ce sont "les autres". Il déplace la pression.

Je repose le téléphone un instant, mais il vibre de nouveau. Cette fois, il écrit qu'il n'aime pas quand je disparais comme ça.

Je relis la phrase lentement.

Je n'ai pas disparu.

Je suis partie.

La nuance me paraît évidente, presque essentielle, et pourtant je sais qu'elle ne l'est pas pour lui. Dans son langage, partir sans prévenir longuement, sans justifier chaque heure, ressemble à une fuite. Dans le mien, cela ressemble à un besoin.

Je sens l'ancienne mécanique se mettre en marche en moi. L'envie d'expliquer, de rassurer, de prouver que je ne fais rien de mal. Je pourrais répondre immédiatement, lui dire où je suis, ce que je fais, ce que je mange. Lui envoyer une photo de la mer comme preuve que je ne me cache pas.

Je respire plus profondément.

La maison est calme. La lumière reste chaude. Rien ici ne me reproche mon silence.

Je retourne le téléphone face contre la table.

Je ne suis pas en train de disparaître.

Je suis en train d'apprendre à rester.

14

Je garde le téléphone face contre la table quelques secondes. La musique continue de jouer doucement, mais elle ne me paraît plus aussi légère qu'il y a quelques minutes. Le silence revient, plus dense cette fois.

Les larmes montent sans prévenir.

Je m'assieds de nouveau sur le canapé et je laisse mon visage se cacher dans mes mains. Le doute s'infiltre comme une marée froide. Peut-être qu'il a raison. Peut-être que je suis en train de tout compliquer. Peut-être que je n'aurais pas dû partir sans plan précis.

Je n'ai pas de travail ici.

Je n'ai rien préparé.

Je ne sais même pas si je serais capable de m'en sortir seule.

Il me l'a dit, souvent, mais toujours d'un ton raisonnable. Que je pouvais arrêter de travailler. Qu'il gagnait suffisamment pour nous deux. Que je n'avais pas besoin de m'épuiser pour un salaire "qui ne valait pas la peine". Il disait que je méritais mieux. Que je devais me reposer. Que je pouvais m'occuper de moi.

Sur le moment, cela ressemblait à une protection.

Je me suis laissée convaincre. J'ai réduit mes heures, puis j'ai arrêté. Il payait les factures, décidait des projets, parlait des finances avec une assurance que je n'avais plus.

Au début, j'ai cru que c'était confortable.

Puis le temps s'est étiré.

Les journées sont devenues longues. Trop longues. Je tournais en rond dans l'appartement comme je tourne aujourd'hui dans cette maison, sauf qu'à l'époque la mer n'était pas là pour respirer à ma place. Je me suis mise à lire davantage pour occuper les heures. Les livres remplissaient le silence.

C'est comme ça que j'ai commencé à publier sur les réseaux sociaux. Au départ, c'était innocent. Partager une phrase, une couverture, un avis. Trouver un échange.

Mais plus je publiais, plus je doutais. Était-ce assez bien ? Assez intéressant ? Assez intelligent ? Je comparais. Je supprimais. Je recommençais.

Petit à petit, je me suis effacée.

Je me suis délaissée aussi. Les vêtements sont devenus plus neutres, plus larges. Je ne cherchais plus à me sentir belle. À quoi bon, si je restais à la maison ? Si je n'avais rien de particulier à raconter ?

La femme joyeuse, sûre d'elle, que j'avais été un jour me paraît lointaine. Comme si elle appartenait à quelqu'un d'autre.

Je pleure pour cette version de moi que je ne reconnais plus.

Je pleure aussi parce que je ne sais pas si je saurai redevenir indépendante. Trouver un travail. Gagner ma vie. Me prouver que je ne suis pas simplement celle qui attend.

La dépendance ne s'est pas installée en un jour.

Elle a poussé doucement, presque invisiblement.

Et aujourd'hui, assise face à la mer, je me demande si j'aurai la force de la déraciner.

La lumière baisse peu à peu dans la pièce.

Je ne réponds toujours pas.

Mais le silence, cette fois, me coûte davantage.

Je reste assise encore quelques minutes, le visage humide et les yeux brûlants. La mer continue son mouvement régulier, indifférente à mes tourments.

Je prends une longue inspiration, puis je me lève.

Je passe dans la salle de bain, rince mon visage à l'eau froide. Le reflet dans le miroir me paraît fragile, mais plus lucide que tout à l'heure. Je sèche mes joues avec une serviette, prends le temps de respirer encore une fois.

Rester enfermée ne m'aidera pas.

J'enfile une veste légère et descends vers la plage. L'air du soir est plus frais, plus dense. Le sable est presque vide, seulement marqué par quelques empreintes récentes que la marée finira par effacer.

Je marche sans direction précise, laissant le bruit des vagues occuper l'espace que mes pensées voudraient reprendre.

Au loin, une silhouette se dessine dans la pénombre.

Je la reconnais avant même de distinguer les détails.

Mais cette fois, il n'est pas seul.

Un chien court devant lui, massif et élégant à la fois, le pelage clair captant encore un peu de lumière. Un husky. Il s'éloigne de quelques mètres, revient, repart, comme s'il connaissait parfaitement le périmètre autorisé.

Je ralentis instinctivement.

Le chien m'aperçoit avant lui. Il s'arrête, me fixe un instant, puis remue légèrement la queue sans se précipiter.

L'homme tourne la tête à son tour.

Nos regards se croisent.

Il s'arrête et pose une main calme sur le collier du husky, geste tranquille, assuré. Pas pour me tenir à distance. Simplement pour contenir l'élan naturel de l'animal.

Il incline légèrement la tête.

Je fais un pas de plus, moins tendue que les jours précédents.

Le chien s'approche doucement, renifle l'air autour de moi, puis s'assoit presque de lui-même, comme s'il attendait une autorisation silencieuse.

Un sourire m'échappe malgré moi.

— Il est magnifique, dis-je finalement, la voix encore un peu fragile.

Il esquisse un léger sourire en retour.

— Il le sait.

Sa voix est calme, posée, presque discrète.

Le husky incline la tête, ses yeux clairs plantés dans les miens. Je tends la main avec prudence. Il accepte la caresse sans brusquerie.

Il n'y a pas de tension.

Pas d'urgence.

Pas d'analyse.

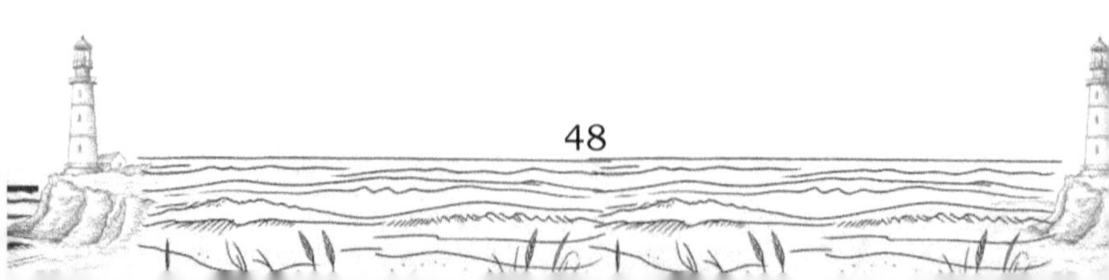

Nous restons quelques secondes ainsi, côte à côte, le chien entre nous comme un pont silencieux.

Puis il relâche doucement le collier.

— Bonne soirée.

Je hoche la tête.

— Bonne soirée.

Il reprend sa marche, le husky à ses côtés.

Je reste immobile quelques instants, le cœur encore serré par mes larmes récentes, mais moins écrasé qu'avant de sortir.

Le chien se retourne une dernière fois avant de disparaître dans la pénombre.

Et je réalise que, pour la première fois depuis longtemps, quelqu'un s'est tenu à côté de moi sans me faire sentir petite ou plutôt, diminuer.

15

Le lendemain matin, je retrouve le chemin de la plage presque sans y penser. Le sable est encore frais sous mes pas et la lumière du jour s'étire doucement sur l'eau. Je marche jusqu'au phare, comme les jours précédents, laissant le rythme régulier des vagues accompagner mes pensées.

Je le croise un peu plus loin, près de la ligne laissée par la marée. Le husky court devant lui, s'arrête parfois pour renifler le sable, puis revient aussitôt à ses côtés. Cette fois, je ne ralentis pas autant. Je garde simplement la distance naturelle qui s'est installée entre nous.

Le chien m'aperçoit et s'approche de quelques pas, sans tirer sur sa laisse. L'homme pose une main légère sur son collier, puis me salue d'un geste discret. Je réponds de la même manière. Aucun mot. Juste cette reconnaissance tranquille.

Le husky frôle légèrement ma jambe avant de repartir vers son maître.

Je continue ma marche, le cœur plus stable que les jours précédents.

En remontant vers la maison, une idée me traverse l'esprit. La table de la cuisine est nue. Trop nue. La lumière du matin la rend presque froide.

Des fleurs feraient du bien.

Je rentre quelques minutes pour déposer mon livre, puis je repars vers le centre du village. Les ruelles pavées mènent au petit marché installé près du quai. L'air sent le sel et le café chaud. Les commerces ouvrent doucement leurs volets.

Je m'arrête devant une boutique de fleurs. Des bouquets simples, colorés, débordent de seaux métalliques. Je choisis quelques tiges lumineuses, rien d'extravagant. Juste assez pour apporter un peu de vie sur la table de la cuisine.

En ressortant, je ralentis devant l'étal d'huîtres. La poissonnière est déjà installée, concentrée sur ses bourriches. Elle relève la tête en m'apercevant et son sourire s'élargit légèrement.

— Alors ? C'était bon ?

Je serre un peu plus les tiges entre mes doigts.

— Oui. Vraiment très bon.

Elle semble satisfaite, comme si la réussite du repas lui appartenait un peu.

— Je vous l'avais dit. Avec le citron, ça change tout.

Elle jette un regard aux fleurs que je tiens.

— Vous vous installez ?

La question est simple, sans curiosité déplacée.

— Pour quelques semaines, réponds-je.

Elle acquiesce, comme si cela confirmait quelque chose.

— Moi, c'est Elena.

Je marque une légère hésitation avant de répondre.

— Clara.

Elle répète mon prénom avec douceur.

— Clara… ça vous va bien.

Je souris, un peu déstabilisée par la simplicité du compliment.

Elle désigne la terrasse du café en face d'un mouvement de tête.

— Je fais une pause dans dix minutes. Ils font un thé glacé correct là-bas. Ça vous dirait ?

L'invitation est naturelle, presque anodine.

Je pourrais refuser.

Mais je n'en ai pas envie.

— Oui. D'accord.

Elena hoche la tête.

— Alors à tout de suite.

Je m'éloigne de quelques pas pour attendre, les fleurs serrées contre moi, observant le va-et-vient tranquille du marché.

16

Elena me rejoint quelques minutes plus tard. Elle traverse le quai d'un pas assuré, s'arrête juste avant de s'asseoir et secoue légèrement sa veste en riant.

— Zut… ces poils s'accrochent comme un aimant.

Elle passe la main sur sa manche, en retire quelques-uns avec un sourire amusé, puis s'installe en face de moi sans faire d'histoire.

Je souris sans vraiment savoir pourquoi. Le geste est simple, spontané. Il n'y a aucune gêne dans sa façon d'en parler.

Un serveur dépose deux grands verres de thé glacé sur la table. La condensation perle déjà le long du verre. Elena attrape le sien, en boit une gorgée, puis pose ses coudes sur la table.

— Alors… comment vous trouvez l'île ?

La question est posée sans pression. Pas comme un interrogatoire. Plutôt comme une ouverture.

Je cherche mes mots.

— C'est… calme.

Elle acquiesce doucement.

— Oui. Trop pour certains. Pas assez pour d'autres. Moi, je ne pourrais pas vivre ailleurs.

Son regard glisse vers le port, vers les bateaux alignés le long du quai.

— Je travaille ici depuis que je suis adolescente. Mes parents étaient pêcheurs. J'ai repris l'étal petit à petit. Ce n'est pas glamour, mais ça me ressemble.

Elle sourit, presque fière.

Je l'écoute. Elle parle sans se vanter, sans dramatiser. Elle raconte les marées trop hautes, les saisons creuses, les touristes qui ne savent pas ouvrir une huître mais qui veulent absolument essayer.

Je ris doucement à certaines anecdotes.

— Et vous ? Vous travaillez dans quoi ? demande-t-elle finalement.

Sa voix reste légère. Elle ne cherche pas à creuser.

Je sens pourtant une petite crispation dans ma poitrine.

— Je… j'étais salariée avant.

Le mot me paraît flou.

Elle incline légèrement la tête, attentive mais pas insistante.

— Et maintenant ?

Je hausse les épaules.

— Maintenant, je réfléchis. En fait. Je ne sais pas.

Elle ne rebondit pas immédiatement. Elle se contente de hocher la tête.

— Ça aussi, c'est un travail, dit-elle simplement.

Je relève les yeux vers elle, surprise par la phrase.

Elle ne sourit pas de manière appuyée. Elle ne cherche pas à me rassurer. Elle constate.

Le silence qui suit n'est pas gênant. On entend les couverts tinter à l'intérieur du café, les mouettes au loin, le vent qui soulève légèrement les nappes en papier.

Je parle peu. Elle le remarque sans doute. Mais elle ne force pas. Elle raconte encore deux ou trois anecdotes sur les clients du marché, sur la météo qui décide parfois des humeurs de tout le monde ici.

Je me sens moins observée que d'habitude.

Moins évaluée.

Moins obligée de répondre parfaitement.

Quand je bois une gorgée de thé glacé, je réalise que mes épaules sont détendues.

Je ne me justifie pas.

Je ne m'excuse pas.

Je suis simplement assise là.

Et pour aujourd'hui, cela me suffit.

17

Je rentre chez moi avec les fleurs serrées contre moi, presque avec précaution, comme si elles pouvaient se faner avant même d'avoir trouvé leur place. En poussant la porte, je ressens une satisfaction simple. La maison n'a pas changé, et pourtant l'air me paraît plus léger.

Je remplis un vase d'eau fraîche et dispose les tiges sur la table de la cuisine. Les couleurs éclatent sous la lumière du matin. Le jaune capte le soleil, le rose se nuance doucement, le vert tranche avec le bois clair. Je recule de quelques pas pour observer l'ensemble. La pièce respire autrement. Ce n'est qu'un détail, mais il transforme l'atmosphère.

Je prends mon téléphone presque instinctivement. J'ouvre l'appareil photo et cadre la table en laissant la mer apparaître en arrière-plan. La lumière est naturelle, sans filtre artificiel. Je prends plusieurs clichés, ajuste légèrement l'angle, puis m'arrête sur un seul. Celui qui me paraît le plus vrai.

Je l'importe sur Instagram. Mon feed, nettoyé la veille, ne me semble plus hostile. Je choisis un filtre plus chaud, plus lumineux. Les couleurs gagnent en profondeur et je sens un sourire discret naître sur mes lèvres.

Il me faut une phrase.

Les mots viennent plus facilement que je ne l'aurais cru. Je les écris sans les surcharger, sans chercher l'effet.

On ne change pas. On se retrouve.

Je relis une fois. Puis une seconde.

Et je publie.

Les premières minutes passent dans un silence presque solennel. Puis les notifications apparaissent. Des likes d'abord, plus nombreux que d'habitude. Ensuite les commentaires.

Je clique, le cœur un peu plus rapide.

Certains sont simples et enthousiastes. D'autres, plus étonnés.

On me dit que je parais différente. Qu'on ne m'avait jamais lue avec autant de joie. Que mon compte était sombre, presque triste. Qu'on me prenait pour une fille

morose, à l'image de mes chroniques sèches et de mes photos trop froides. Et cette phrase revient plusieurs fois, sous des formes différentes :

Là, je vois que tu changes.

Je reste longtemps devant ces mots.

Une part de moi est fière. Ils prouvent qu'un mouvement est perceptible. Que quelque chose a bougé. Mais une autre part se crispe. Comme si l'étonnement cachait un jugement ancien. Comme si on avait décidé, depuis longtemps, qui j'étais sans jamais vraiment me connaître.

Je n'ai pas changé.

Je n'ai jamais été noire ou éteinte.

J'ai simplement appris à me faire plus petite.

Je repose le téléphone sur la table et regarde les fleurs qui captent la lumière. Les couleurs vibrent doucement sous le soleil. Je repense à la phrase que j'ai écrite.

On ne change pas. On se retrouve.

Ce n'est pas une transformation spectaculaire. C'est un retour. Un déplacement intérieur que personne n'a vu venir, pas même moi.

La lumière traverse le vase et projette des reflets colorés sur le mur. Je les observe quelques secondes, attentive à cette sensation nouvelle. Elle n'efface pas mes doutes, elle ne résout pas tout. Mais elle me rappelle une chose essentielle : je n'ai jamais cessé d'exister.

18

Les jours suivants s'installent dans une régularité presque rassurante. Je marche chaque matin jusqu'au phare et reviens à mon rythme. Lui aussi. Le husky s'est habitué à ma présence et moi à la sienne. La distance entre nous existe toujours, mais elle n'a plus la même tension qu'au début.

Ce matin-là, la lumière est plus franche. La marée s'est retirée loin, laissant une large bande de sable humide qui reflète le ciel comme un miroir fragile. Je les aperçois de loin. Le chien me repère avant lui.

Il s'immobilise une seconde.

Puis il part.

Je n'ai pas le temps d'anticiper. Le husky bondit vers moi avec un enthousiasme débordant, ses pattes frappant le sable humide. Le choc contre mes jambes me déséquilibre. Mon pied glisse. Je tente de me rattraper, mais le sable cède sous moi et je bascule en arrière.

L'eau est froide. Brutale.

Elle remonte jusqu'à mes hanches, éclabousse mes bras, pénètre le tissu de mon manteau en quelques secondes. Le souffle me manque une fraction d'instant.

Mon corps réagit avant ma tête. Mes sourcils se froncent, ma mâchoire se crispe. Un vieux réflexe me traverse : celui de me préparer à la moquerie, à la remarque, au rire qui pointe l'erreur.

Je relève les yeux vers lui.

Il arrive en courant, déjà penché vers moi. Son expression n'a rien de moqueur. Il a ce sourire gêné de quelqu'un qui s'en veut réellement.

Il tend la main sans hésiter.

— Je suis vraiment désolé. Il est un peu brusque quand il est heureux.

Sa voix est claire, sincère. Pas un rire déplacé. Pas une ironie déguisée.

Je le fixe une seconde de trop, comme si je vérifiais.

Puis j'attrape sa main.

Sa poigne est ferme, stable. Il me relève d'un geste simple. L'eau dégouline le long de mes manches. Mes cheveux collent à mes joues. Le husky tourne autour de nous, visiblement ravi de sa performance.

— Ça va ? demande-t-il, en gardant une distance respectueuse.

Je hoche la tête en essuyant maladroitement mes mains sur mon manteau.

— Oui... enfin, je crois.

Il retient un léger sourire.

— Je crois qu'il vous aime bien.

Le chien s'assoit près de moi comme pour confirmer. Je tends la main vers lui malgré moi. Il accepte la caresse avec un calme presque solennel.

— C'est une manière... énergique de le montrer, dis-je en soufflant un rire.

Il rit doucement, sans excès.

— Je m'appelle Julien, au fait. Ça me semble plus correct après avoir provoqué une baignade forcée.

Le ton est léger, sans arrogance.

Je me redresse un peu, consciente de l'eau qui commence à refroidir sur ma peau.

— Clara.

Il incline légèrement la tête.

— Enchanté, Clara.

Le vent se lève un peu plus. Le froid commence à s'infiltrer sous le tissu mouillé. Je frissonne malgré moi.

Il le remarque immédiatement.

— Vous devriez rentrer vous changer avant d'attraper froid.

Il n'y a pas d'ordre dans sa voix. Juste un constat.

Je jette un regard à mes vêtements trempés et laisse échapper un sourire.

— Oui... ce serait raisonnable.

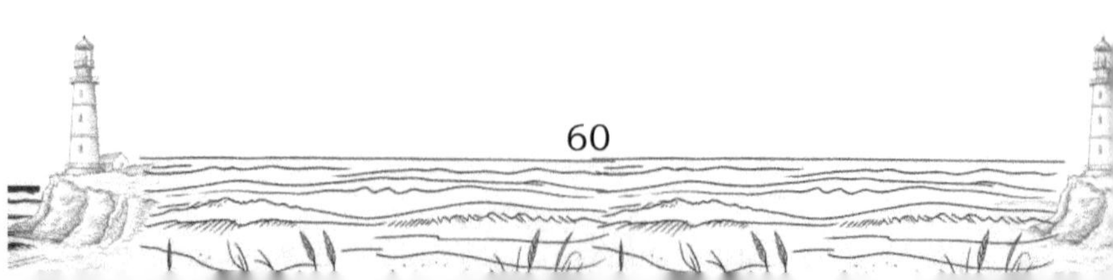

Le husky tente encore un pas vers moi, mais Julien pose doucement la main sur son collier.

— On vous laisse tranquille cette fois.

Je hoche la tête.

— Merci. Et… ce n'est rien.

Il sourit de nouveau, plus discrètement.

— À demain, peut-être.

— Peut-être.

Je fais demi-tour en direction de la maison. Le sable colle à mes chaussures, l'eau alourdit mes vêtements, mais je marche plus droite que d'habitude.

Derrière moi, j'entends le chien repartir au trot.

Quand j'arrive aux marches de la maison, je me retourne brièvement. Ils s'éloignent déjà le long de la ligne de marée.

Je rentre pour me changer, encore humide, mais étrangement légère.

19

Le lendemain matin, je me réveille avec une sensation différente. Mes vêtements de la veille sont suspendus près de la fenêtre, encore légèrement humides. En les voyant, un sourire discret me revient.

Je me prépare plus soigneusement que d'habitude. Un pull plus ajusté, mes cheveux attachés sans négligence. Rien d'extraordinaire, mais un choix conscient.

Je descends vers la plage comme chaque matin. L'air est vif, la lumière plus douce que la veille. Je le repère rapidement, silhouette familière près de la ligne d'eau. Le husky marche calmement à ses côtés cette fois.

Quand il m'aperçoit, il ralentit légèrement.

Nous nous retrouvons à la même hauteur, à distance raisonnable.

Il incline la tête avec un sourire simple.

— Pas de baignade aujourd'hui ?

Le ton est léger, sans insistance.

Je laisse échapper un petit rire.

— Je préférerais éviter.

Il hoche la tête.

— Sage décision.

Le chien me regarde avec un intérêt manifeste, mais reste à sa place. Je tends la main vers lui brièvement.

— Il est plus calme ce matin.

— Il fait semblant, répond-il avec amusement.

Nous marchons quelques pas dans la même direction. Le silence entre nous n'est pas inconfortable. Il a quelque chose de paisible, presque complice.

Je sens pourtant que je dois bifurquer.

Le quai se dessine un peu plus loin.

Je m'arrête et me tourne vers lui.

— Je dois aller au marché.

La phrase sort naturellement, sans justification inutile.

Il acquiesce.

— Les huîtres ?

Je souris.

— Peut-être.

Il esquisse ce demi-sourire tranquille que je commence à reconnaître.

— Alors je ne vous retiens pas.

Je hoche la tête.

— À bientôt.

— À bientôt, Clara.

Il ne cherche pas à prolonger. Il ne pose pas de question supplémentaire. Il ne commente pas ma décision.

Je reprends ma marche vers le quai, consciente d'une chose nouvelle : je viens de m'excuser simplement pour partir, sans me sentir coupable.

En traversant les premières ruelles pavées, je réalise que ce petit échange a déplacé quelque chose en moi. Je ne fuis pas. Je choisis.

Et ce matin, je choisis d'aller au marché.

20

Le quai est déjà animé quand j'y arrive. Les caisses claquent contre le bois, les mouettes tournent au-dessus des étals et l'air est chargé d'odeurs salées. L'agitation me semble moins oppressante que les jours précédents.

J'aperçois Elena derrière son stand. Elle termine de servir un client avec ses gestes sûrs, précis, puis relève la tête et me voit approcher.

Son sourire s'élargit aussitôt.

— Bonjour Clara.

— Bonjour.

Elle m'observe une seconde, comme si elle évaluait mon humeur, puis s'appuie légèrement contre son étal.

— Je ferme un peu plus tôt aujourd'hui. Je dois passer au parc à huîtres cet après-midi. Si ça te dit, tu pourrais m'accompagner. Ça te ferait découvrir un autre coin de l'île.

Sa proposition est simple, sans emphase.

Je cligne des yeux.

— Le parc à huîtres ?

— Oui. C'est un peu plus loin, vers les marais. On y va à vélo, c'est plus pratique.

Le mot me surprend.

Je n'ai pas fait de vélo depuis... longtemps. Les souvenirs sont lointains, presque flous. Une route, des graviers, des genoux écorchés peut-être. Puis plus rien.

Je laisse passer un silence.

— Ça fait très longtemps que je n'en ai pas fait.

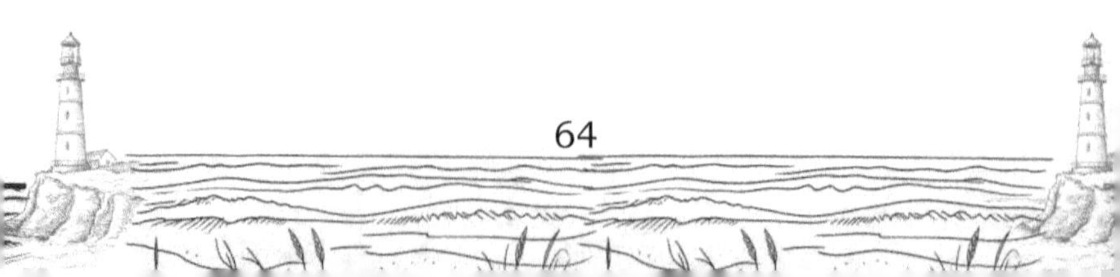

Elena hausse les épaules avec un sourire tranquille.

— Ça ne s'oublie pas. Et si ça tangue un peu au début, on prendra notre temps.

Il n'y a aucune pression dans sa voix. Juste une évidence tranquille.

Je sens une hésitation me traverser. Une vieille crainte de ne pas savoir faire, de paraître maladroite. Puis quelque chose d'autre, plus discret, plus fort.

L'envie.

— D'accord, dis-je finalement.

Elle acquiesce avec satisfaction.

— Parfait. Passe vers quatorze heures. J'ai un vélo qui ne demande qu'à rouler.

Je hoche la tête.

— Ça me va.

En m'éloignant du stand, je sens mon cœur battre un peu plus vite. Ce n'est pas de la peur. Plutôt une appréhension légère, mêlée d'une curiosité nouvelle.

Je n'ai pas fait de vélo depuis l'enfance.

Je n'ai pas exploré sans réfléchir depuis longtemps non plus.

Et cet après-midi, je vais essayer.

21

Je rentre chez moi avec le panier rempli de légumes et d'herbes fraîches. L'odeur du basilic se mêle à celle du sel encore accroché à mes vêtements. En refermant la porte derrière moi, je ressens une satisfaction simple : j'ai occupé ma matinée, je ne l'ai pas laissée me traverser.

Je range les légumes dans le réfrigérateur, aligne les tomates, dépose les citrons dans un petit panier en osier. Les gestes sont calmes, appliqués. La maison me semble moins vide que les premiers jours. Peut-être parce que je l'habite un peu plus.

Je m'installe ensuite sur le canapé avec mon ordinateur. J'ouvre le dossier des photos prises ces derniers jours. Il y en a plus que je ne le pensais.

Des livres posés sur le sable encore humide.

Des mouettes suspendues au-dessus de la mer.

Le quai et ses bateaux serrés les uns contre les autres.

La foule du marché, vivante, colorée.

Mon bouquet de fleurs sur la table, un roman entrouvert à côté.

Je les fais défiler lentement, attentive aux nuances, à la lumière, à l'équilibre des couleurs. Je sélectionne, je recadre légèrement, j'harmonise les tons. Mon feed prend une cohérence nouvelle, plus lumineuse. Les images dialoguent entre elles. Elles ne crient plus. Elles respirent.

Je prépare plusieurs publications à l'avance. Cette fois, je ne cherche pas à deviner ce que les autres aimeraient voir. Je cherche à me reconnaître.

Je m'arrête sur une photo de la mer, prise ce matin. Les mouettes traversent le ciel pâle et l'eau semble presque immobile. Les mots viennent doucement.

Je tape :

« La mer ne demande rien.

Elle accueille, elle bouscule, elle ouvre.

Peut-être que mon cœur apprend à faire pareil. »

Je relis sans corriger.

Je publie.

Les réactions arrivent plus vite que d'habitude. Les notifications s'accumulent. Des likes, des messages, des commentaires. Certains parlent de la lumière, d'autres de la douceur des mots. On me dit que mes photos respirent davantage, que mes textes sont plus sincères.

Je remarque un commentaire en particulier :

« On dirait que tu t'autorises enfin à aimer ce que tu montres. »

Je le relis plusieurs fois.

Un autre écrit :

« Ton compte a changé, mais surtout ton énergie. »

Je ressens une vague d'émotions mêlées. Une part de moi est touchée. Ces mots valident le mouvement que je sens en moi. Une autre reste plus lucide. Les gens voient ce qu'on leur montre. Ils interprètent vite

Pourtant, cette fois, cela ne me blesse pas.

Je referme l'ordinateur et me lève pour boire un verre d'eau. Les fleurs sur la table captent la lumière de l'après-midi. La maison est calme. Mon téléphone vibre encore, mais je ne me précipite plus.

En revenant vers le salon, mon regard se pose sur l'horloge.

Treize heures quarante-huit.

Je m'immobilise.

Quatorze heures.

Le parc à huîtres.

Je sens une légère tension, mêlée d'excitation, me traverser. J'avais presque oublié, absorbée par mes images et mes mots. Je referme l'ordinateur avec soin, le glisse sur la table basse et monte rapidement à l'étage pour changer de chaussures.

Je passe une main dans mes cheveux, attrape une veste plus légère et vérifie que mon téléphone est bien dans ma poche.

En descendant les marches de la maison, je sens mon cœur battre un peu plus vite. Pas de peur. Plutôt cette sensation étrange d'aller vers quelque chose.

Je prends la direction du quai.

22

Quand j'arrive sur le quai, Elena est déjà là. Elle tient son VTT par le guidon, un vieux modèle blanc autrefois brillant mais désormais marqué par le sel, la boue séchée et les saisons passées à rouler. Le cadre porte les traces du temps, mais l'ensemble dégage une solidité rassurante.

Elle me voit approcher et son visage s'éclaire.

— Parfait timing.

Je m'arrête devant elle, légèrement essoufflée d'avoir marché plus vite que prévu. Elle pose le pied sur une pédale et enfourche son vélo avec une aisance instinctive. Le mouvement est naturel, fluide, comme une seconde nature.

Je souris en la regardant. Il y a quelque chose de simple et d'assumé dans sa manière d'occuper l'espace.

Elle attrape un casque accroché au guidon de l'autre vélo et me le tend.

— Sécurité d'abord.

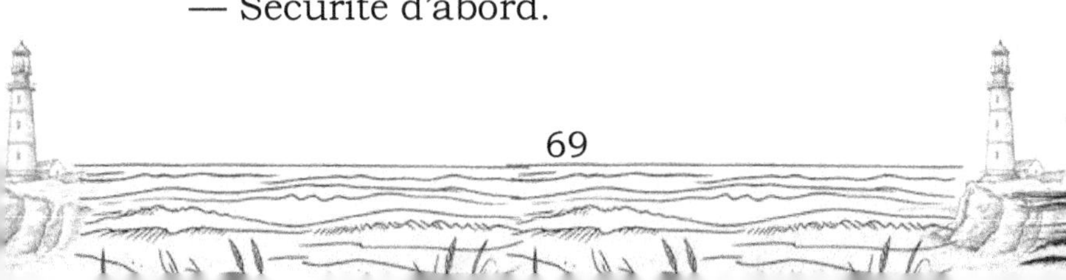

Je prends le casque entre mes mains. Il est un peu plus lourd que dans mon souvenir. Je le fixe maladroitement sous son regard amusé mais bienveillant.

— Ça va aller, dit-elle doucement. On ne fait pas une course.

Je m'approche du second vélo. Lui aussi a vécu. La selle est légèrement usée, les poignées un peu rugueuses. Je passe une jambe au-dessus du cadre avec une prudence presque excessive.

Le geste me paraît étranger.

Je m'assois, pose un pied au sol pour garder l'équilibre. Mon corps hésite une seconde, comme s'il cherchait un souvenir enfoui.

— Prête ? demande Elena.

Je prends une inspiration.

— Je crois.

Je pousse doucement sur la pédale. Le vélo avance d'un mètre. Puis deux. Mon guidon vacille légèrement. Je redresse, ajuste, corrige. Mes jambes trouvent un rythme encore incertain.

Elena roule à côté de moi sans me devancer.

— Tu vois ? Ça revient.

Je me concentre sur le mouvement. Sur l'équilibre. Sur la sensation du vent contre mon visage. Après quelques mètres, mon corps semble se souvenir. Les gestes deviennent plus fluides, moins réfléchis.

Je ne vais pas vite.

Mais j'avance.

Le quai s'éloigne derrière nous. Les ruelles laissent place à un chemin plus dégagé, bordé d'herbes hautes et de petites maisons basses.

Je sens une pointe de fierté discrète me traverser.

23

Nous quittons les dernières maisons du village et empruntons un chemin plus étroit. Le gravier crisse sous les roues. L'air devient plus humide, chargé de cette odeur particulière des marais où l'eau douce rencontre le sel.

Elena bifurque sans hésiter vers un petit sentier que je n'aurais jamais remarqué seule. L'herbe haute effleure mes mollets quand je pédale trop près du bord. Des oiseaux s'envolent à notre passage, dérangés dans leur tranquillité.

— Par ici, lance-t-elle en se retournant brièvement.

Le chemin serpente entre des étendues d'eau peu profondes où le ciel se reflète comme un miroir brisé. Les roseaux ondulent sous le vent. Au loin, on distingue déjà la mer, large et silencieuse.

Je pédale plus lentement pour absorber le paysage. Chaque détour révèle un nouveau point de vue. Le vert des marais contraste avec le bleu pâle de l'horizon. Tout semble immense et pourtant intime.

Après quelques minutes, Elena ralentit et s'arrête près d'une barrière en bois un peu vieillie par le sel. Elle descend de son vélo avec aisance et le pose contre les planches.

— Attends, regarde.

Je m'arrête à mon tour, pose le pied au sol et imite son geste. Mon cœur bat plus vite, mais cette fois ce n'est pas l'effort. C'est l'anticipation.

Je m'approche de la barrière.

La vue me coupe presque le souffle.

Devant nous, la mer s'étend à perte de vue, vaste, lumineuse, presque infinie. Les reflets du soleil dansent à la surface de l'eau. Derrière nous, des champs verts s'étirent doucement, ponctués de haies basses et de petits chemins de terre.

On dirait deux mondes qui se rencontrent.

Elena pose ses avant-bras sur la barrière et laisse son regard glisser vers l'horizon.

— C'est mon endroit préféré, dit-elle calmement. Quand j'ai besoin de me rappeler pourquoi je suis restée ici, je viens là.

Sa voix change légèrement. Plus douce. Plus ancrée.

— Tu vois la ligne là-bas ? ajoute-t-elle en désignant un point presque invisible. Par temps clair, on distingue les parcs à huîtres. Et quand la marée monte, tout disparaît. Comme si la mer décidait de reprendre ce qui lui appartient.

Je reste silencieuse.

Le vent soulève mes cheveux. Je respire profondément. L'espace devant moi est immense, ouvert, sans mur ni plafond.

— On se sent petit ici, murmuré-je sans m'en rendre compte.

Elena sourit.

— Petit, oui. Mais vivant.

Elle ne cherche pas à m'expliquer quoi que ce soit. Elle partage simplement ce qu'elle ressent.

Nous restons quelques minutes ainsi, sans parler davantage. Le silence n'est pas vide. Il est plein de vent, de lumière, d'espace.

Puis Elena se redresse.

— Allez, on y va. Les huîtres ne vont pas s'ouvrir toutes seules.

Je souris.

Nous remontons sur nos vélos. Cette fois, je n'hésite presque pas en poussant sur les pédales. Le chemin descend légèrement vers la mer et je laisse le vélo glisser avec plus d'assurance.

Au loin, les premières structures en bois des parcs à huîtres apparaissent, alignées dans l'eau peu profonde.

Je pédale vers elles.

24

Après le point de vue, nous reprenons la route et descendons vers les parcs à huîtres. Les structures en bois apparaissent peu à peu, alignées dans l'eau peu profonde. Le hangar principal se dresse un peu en retrait, simple, fonctionnel, marqué par les années et le sel. Elena ralentit et pose son vélo contre les parois en bois du hangar. Je fais de même, un peu plus maladroitement. L'air ici est différent. Plus, brut. Plus, chargé d'odeur d'algues et de bois humide.

Elle plisse les yeux vers l'intérieur.

— Ah.

Je suis son regard.

Un peu plus loin, près des tables de tri, deux hommes discutent. L'un d'eux est tourné de dos. Silhouette large d'épaules, posture calme, mains dans les poches.

Quelque chose en moi se tend.

Je fronce légèrement les sourcils.

Cette manière de se tenir.

Cette hauteur.

Ce profil esquissé quand il incline la tête.

Ça me rappelle quelqu'un.

— Attends-moi deux secondes, dit Elena en posant brièvement la main sur mon bras.

Elle s'avance vers eux d'un pas assuré.

Je reste près des vélos, les mains posées sur le guidon. J'observe sans vouloir en avoir l'air. Le vent soulève quelques mèches de mes cheveux. Les voix mc parviennent en fragments, étouffées par la distance... Elena échange quelques mots rapides avec l'homme. Puis elle se tourne vers l'autre, celui de dos. Il hoche la tête, répond brièvement.

Il ne se retourne pas. Je plisse un peu plus les yeux, comme si cela pouvait m'aider à comprendre ce qui m'intrigue.

Un détail me frappe pourtant : la façon dont il se tient légèrement de biais, comme s'il observait l'horizon en même temps qu'il écoute. Mon cœur accélère un peu, sans raison claire. Et Elena revient vers moi accompagnée de l'autre homme. Cclui qui était face à elle.

Je cherche du regard le second. Mais il s'est déjà éloigné vers l'arrière du hangar.

J'aurais voulu voir son visage.

— Clara, je te présente Franck, dit Elena avec naturel. Il m'aide souvent ici quand les livraisons sont plus lourdes.

Franck me tend la main avec un sourire franc.

— Enchanté, Clara.

— De même.

Je serre sa main, encore légèrement distraite.

Je jette un dernier regard vers le hangar.

Rien.

Juste les planches, les caisses empilées, et le bruit de l'eau qui clapote contre les structures.

Elena reprend son ton habituel.

— On va te montrer comment on travaille ici.

Je hoche la tête, mais une pensée persiste.

Cette silhouette.

Elle me semblait familière.

Nous restons encore un moment au parc. Elena m'explique le tri, les marées, les saisons. Franck plaisante, rend l'atmosphère légère. Je touche les poches d'huîtres, observe les gestes précis.

Puis le soleil descend doucement.

— On rentre ? propose Elena.

Nous reprenons les vélos. Le chemin du retour est plus silencieux. Le vent est tombé.

En remontant vers le quai, je repense malgré moi à cet homme de dos sur le chemin du retour.

25

Je rentre chez moi en fin d'après-midi, une fatigue saine m'envahit. Mes jambes sont lourdes, mes épaules détendues. Le vélo, l'air marin et le soleil ont laissé sur moi une sensation d'épuisement agréable, presque rassurante.

Je pose mes chaussures près de l'entrée et traverse la maison encore imprégnée d'odeurs de sel et de bois humide. Les fleurs sur la table captent la lumière dorée du soir. Je les effleure du bout des doigts avant de monter me doucher.

L'eau chaude me fait du bien immédiatement. Elle délasse mes muscles, chasse le sable resté accroché à mes chevilles. Je ferme les yeux et laisse l'eau couler sur ma nuque, sur mon dos. C'est à ce moment-là que je l'entends.

Un bruit léger.

À peine perceptible. Comme quelque chose qu'on déplace. Ou qu'on frôle.

Je me fige sous l'eau, le cœur légèrement accéléré. J'écoute. Le bois peut travailler avec le vent. Les volets peuvent bouger. Je le sais.

Le silence revient.

Je termine de me rincer, coupe l'eau et reste immobile quelques secondes avant de sortir. La maison semble calme. Et, mon téléphone vibre soudainement au même instant sur la commode.

Je m'arrête net.

Son prénom s'affiche à l'écran.

Je sais déjà que ce n'est pas un message léger.

« Tu fais quoi ? T'es avec qui encore ! »

Les mots sont courts, sans chaleur.

Un second message suit presque aussitôt.

« Tu aurais pu prévenir, moi je te dis toujours tout ! »

Je m'assieds lentement sur le bord du lit. L'eau goutte encore de mes cheveux sur mes épaules. Je relis les phrases.

Je connais ce ton. Ce n'est jamais un reproche direct. C'est une question qui appelle une justification. Une remarque qui me pousse à expliquer.

Je sens cette peur étrange revenir. Pas une peur physique. Une peur plus fine. Celle de retomber dans l'engrenage des mots, de me justifier, de prouver que je ne fais rien de mal et que je ne suis pas folle, comme il me le laisse entendre.

Je me revois dans le salon. Sa voix basse, mesurée son air presque blessé quand je

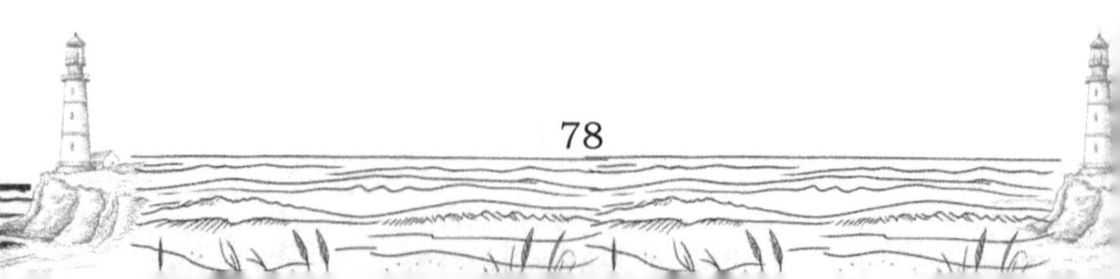

posais une question simple. Il ne souriait pas vraiment avec moi. Pas librement.

Il disait ne connaître personne au travail. Aucun prénom. Ni celui des hommes, ni celui des secrétaires, surtout pas. Il affirmait qu'il ne se passait rien là-bas, comme si le monde extérieur était vide.

Et pourtant…

Je regarde encore l'écran.

« Tu fais quoi ? Répond non de dieu ! »

« Tu aurais pu prévenir ! »

Et la scène revient, presque intacte :

Je me revois dans le salon. La télévision diffusait un journal en fond sonore. Il était assis dans le canapé, légèrement avachi, un bras posé sur le dossier.

Je m'étais approchée avec deux verres d'eau.

— Ça va, toi ? Ta journée s'est bien passée ?

Ma voix était simple. Neutre.

Il avait haussé les épaules.

— Comme d'habitude. Toujours les mêmes incapables.

Je m'étais assise en face de lui.

— Ah bon ?

Il avait soupiré.

— Oui, Fabrice a encore fait n'importe quoi.

Je m'étais figée une seconde.

— Fabrice ?

Il m'avait regardée, surpris.

— Oui, Fabrice.

— Je croyais que tu ne connaissais personne au travail...

Le silence avait changé de texture.

Il s'était redressé légèrement.

— Mais si je t'en ai parlé plein de fois.

Sa voix était plus sèche.

Je l'avais regardé, sincèrement troublée.

— Non... je ne crois pas.

Il avait laissé échapper un rire bref, sans amusement.

— Clara... si tu étais un peu plus attentive et que tu t'en foutais un peu moins de ce que je te raconte, tu saurais que je t'en ai parlé à plusieurs reprises.

Le ton n'était pas élevé. Il n'avait pas crié.

Il avait simplement glissé la faute vers moi.

Je m'étais sentie petite.

Confuse.

Avais-je oublié ?

Avait-il vraiment parlé de lui ?

Je m'étais mise à douter de ma mémoire.

— Désolée... j'ai dû oublier.

Il avait hoché la tête, comme pour clore le sujet.

— C'est pas grave.

Mais ce n'était jamais vraiment "pas grave".

Le présent revient.

Je suis toujours assise sur le bord du lit, le téléphone dans la main.

Les messages à l'écran semblent inoffensifs. Ils ne le sont pas.

Je repose l'appareil sur la table de nuit sans répondre.

Ce n'est pas un défi.

C'est une manière de ne pas laisser le doute s'installer encore une fois.

Je me lève, m'habille calmement, attache mes cheveux encore humides. La lumière décline derrière les vitres et la maison retrouve son silence.

Je n'ai pas envie que ce message décide de ma soirée.

Je prends ma veste et descends les marches.

26

Je marche vers la plage.

Le sable est plus frais que ce matin et la marée est remontée légèrement, dessinant une ligne sombre sur le rivage. L'air du soir est plus dense, chargé d'une douceur qui annonce la fin du jour. Au loin, je distingue une silhouette familière.

Il est seul cette fois.

Pas de husky.

Il tourne la tête au moment où j'approche, comme s'il m'avait sentie avant même de me voir.

— Bonsoir, Clara.

Sa voix est posée, presque enveloppée par le bruit régulier des vagues.

— Bonsoir.

Nous marchons quelques mètres l'un vers l'autre, à distance raisonnable. Le silence entre nous n'a rien d'inconfortable. Il est simple, naturel, comme si nous avions déjà trouvé un rythme commun.

Un peu plus loin, un petit camion blanc est installé sur le sable, légèrement en retrait du quai. Une guirlande lumineuse entoure la fenêtre de service et commence à briller doucement à mesure que la lumière baisse. Une odeur sucrée flotte dans l'air, chaude et réconfortante.

Julien incline légèrement la tête vers le camion.

— Vous avez déjà goûté leurs crêpes ?

Je secoue la tête.

— Non.

Il prend un air faussement grave.

— Grave erreur.

Son sérieux ne dure qu'une seconde avant qu'un sourire discret ne le trahisse.

— Ils font un cappuccino correct et une crêpe banane, chantilly, caramel tiède. Difficile de finir la soirée autrement, que comme ça.

Je laisse échapper un léger rire.

— C'est très précis.

— J'ai mes habitudes. Je suis fidèle aux bonnes choses.

Il me regarde brièvement avant d'ajouter, presque naturellement :

— Je vous en offre une ?

Je pense brièvement au téléphone resté sur la table. Aux messages. Puis je regarde le camion illuminé, la mer derrière, la lumière qui s'efface doucement.

— D'accord.

Nous avançons côte à côte vers le camion. Il commande deux cappuccinos fumants et deux crêpes généreusement garnies. La chantilly déborde légèrement du papier, le caramel encore chaud glisse sur les rondelles de banane.

Nous nous installons un peu à l'écart, face à la mer. Le sable est encore tiède sous mes chaussures. Le vent soulève légèrement mes cheveux.

Je prends une première bouchée. La douceur me surprend. La chaleur du caramel contraste avec la fraîcheur de l'air. Je ferme les yeux une seconde.

— Vous aviez raison.

Il esquisse un sourire satisfait, les mains entourant son gobelet.

— Je ne me trompe pas souvent sur les choses importantes.

— Comme les crêpes ?

— Exactement. Les priorités.

Je ris franchement cette fois. Le son me surprend presque autant que lui. Il me regarde un instant sans commentaire, comme s'il accueillait simplement ce rire.

Le ciel s'assombrit doucement au-dessus de nous. Les premières étoiles hésitent encore à apparaître. Nous parlons de choses simples : du camion qui change d'emplacement selon la saison, des touristes qui demandent toujours trop de sucre, des soirs de vent où personne ne reste longtemps.

Il ne pose pas de questions sur ma vie.

Il ne cherche pas à savoir pourquoi je suis ici.

Il partage l'instant.

Je me surprends à parler davantage que prévu. Pas tout. Juste assez.

À un moment, je me penche légèrement pour attraper une serviette en papier et son épaule frôle la mienne.

Ce n'est rien.

Un simple contact.

Mais mon corps le ressent immédiatement.

Une chaleur fine traverse ma peau. Je redresse la tête. Lui aussi.

Nos regards se croisent.

Ce n'est pas un regard appuyé, ni insistant. Mais il reste une fraction de seconde de trop. Assez pour que je me sente soudainement consciente de moi-même. De la proximité de son bras. Du silence qui s'est installé.

Je détourne légèrement les yeux, troublée sans pouvoir mettre un mot précis sur cette sensation.

Il ne s'éloigne pas.

Il ne commente pas.

Puis il se redresse doucement.

— On devrait peut-être rentrer avant que le froid ne s'installe, dit-il d'un ton léger.

La phrase brise la tension sans l'écraser.

— Oui… sans doute.

Nous nous levons presque en même temps. Il secoue un peu le sable de son pantalon. Je fais de même, un peu plus attentive à mes gestes.

Nous marchons côte à côte vers le chemin qui remonte vers les maisons. Le bruit des vagues s'éloigne peu à peu derrière nous.

Après quelques pas, il glisse les mains dans ses poches.

— Je peux vous raccompagner, si vous voulez.

La proposition est simple, sans insistance.

— D'accord.

Nous avançons dans la lumière déclinante. Il parle d'un bateau rentré plus tôt que prévu, d'un pêcheur qui exagère toujours la taille de ses prises. Je réponds, plus calme à mesure que nous approchons des maisons.

Devant ma porte, nous ralentissons.

Je m'arrête.

— Merci... pour la crêpe.

Un léger sourire passe sur ses lèvres.

— Je prends ça comme un compliment.

Un court silence s'installe, plus doux cette fois.

— Bonne soirée, Clara.

— Bonne soirée.

Il incline légèrement la tête et reprend le chemin inverse.

Je reste quelques secondes devant la porte, le cœur un peu plus rapide que d'habitude, puis j'entre.

27

Je referme la porte derrière moi avec précaution, comme si le moindre bruit pouvait briser quelque chose de fragile. La maison m'accueille sans écho, sans tension. Je retire mes chaussures, dépose ma veste sur le dossier d'une chaise et traverse le salon encore imprégné de la lumière du soir.

Je ne rallume pas toutes les lampes. Une seule suffit.

Je monte me coucher plus tôt que d'habitude. La fatigue de la journée est différente. Elle ne pèse pas. Elle enveloppe.

En m'allongeant, je prends conscience d'une chose étrange : ma poitrine ne semble plus aussi serrée qu'avant. Cette pression constante, invisible, qui m'accompagnait même dans le silence, s'est allégée. Comme si l'étau s'était desserré d'un cran.

Les bruits extérieurs me parviennent encore — une voiture au loin, le vent qui effleure les volets, un pas sur les pavés — mais ils ne déclenchent plus cette alerte immédiate. Je ne sursaute pas. Je n'imagine pas de scénarios.

Je pose la tête sur l'oreiller.

Depuis des mois, les migraines faisaient partie de mon quotidien. Une douleur sourde, persistante, comme un brouillard épais installé derrière mes yeux. Elles arrivaient sans prévenir, s'installaient des heures, parfois des jours.

Ce soir, rien.

Pas de tension dans la nuque.

Pas de pulsation au creux des tempes.

Mon corps semble plus calme.

Je réalise que je respire plus profondément.

Comme si quelque chose en moi avait cessé de se contracter.

Je pense brièvement au téléphone resté en bas. Aux messages laissés sans réponse. La pensée ne me traverse qu'un instant, puis elle s'éloigne.

Je ne descends pas le chercher.

Je ne vérifie pas.

Le silence n'est plus une menace. Il devient un espace.

Je ferme les yeux.

Les images de la journée reviennent doucement : le vélo sur le chemin des marais, la vue immense depuis la barrière en bois, le goût du caramel encore tiède, le rire échappé sans retenue.

Je ne cherche pas à analyser.

Je laisse les souvenirs se déposer.

Le brouillard dans ma tête paraît moins dense. Les questions qui tournaient en boucle se taisent progressivement. Mon corps, avant mon esprit, semble comprendre que quelque chose va mieux.

Pour la première fois depuis des années, je m'endors presque paisiblement.

Sans mon téléphone.

28

Je me réveille avec la sensation d'avoir dormi profondément. Pas ce sommeil agité, coupé par des pensées qui tournent en boucle. Un sommeil plein, presque réparateur.

La lumière du matin glisse déjà sur les murs lorsque j'ouvre les volets. L'air est frais. Net. Je reste quelques secondes à respirer sans me presser.

Je n'ai pas envie de retourner à la plage aujourd'hui.

Une autre idée s'impose, simple et claire : je veux explorer l'île.

Je prépare un sandwich, remplis une bouteille d'eau et glisse le tout dans un petit sac à dos. J'enfile un jean confortable, un pull léger, et attache mes cheveux. Mes gestes sont fluides. Je ne réfléchis pas trop.

Je sors.

Le village s'éveille doucement.

Les ruelles pavées résonnent encore peu. Les volets s'ouvrent les uns après les autres. Une odeur de café chaud flotte près du bar du coin où quelques hommes sont déjà accoudés au comptoir.

Plus bas, sur le quai, les pêcheurs terminent leur nuit. Certains reviennent, le visage marqué mais satisfait. D'autres s'apprêtent à repartir vers le large, leurs filets soigneusement rangés. Les moteurs ronronnent doucement. Les cordages grincent contre les coques.

L'île ne s'agite pas.

Elle respire.

Je m'arrête devant le loueur de vélos. Une petite boutique simple, avec quelques modèles alignés à l'extérieur. Je choisis un vélo robuste, sans prétention. Le commerçant me règle la selle, me souhaite une bonne balade.

Je monte en selle.

Le premier coup de pédale est hésitant, puis le mouvement revient naturellement. Le vent frais me frappe le visage. Je traverse le quai, les pneus roulant sur les planches de bois, puis sur les pavés.

Je me sens étrangement libre.

C'est à ce moment-là que je la vois.

Elena descend d'un bateau, une lourde caisse de poisson entre les bras. Elle la pose sur le quai avec assurance avant de relever la tête.

Ses yeux me trouvent immédiatement.

— Eh bien ! On dirait que je t'ai convertie aux deux-roues !

Je ralentis et m'approche d'elle, toujours à cheval sur le vélo. Un sourire m'échappe.

— On peut dire ça. J'ai loué pour la journée.

Elle me détaille rapidement, comme pour vérifier que je tiens bien en équilibre.

— Attention, tu vas finir par aimer ça.

Je descends du vélo et l'appuie contre un poteau en bois. Autour de nous, le quai s'anime davantage. Un pêcheur attache son bateau, un autre salue le patron du bar qui sort déposer des tables.

Je remarque qu'Elena est seule.

— Tu n'as personne pour t'aider ?

Elle lève les yeux au ciel, sans réelle irritation.

— Mon cher collègue a mieux à faire ce matin. Appelé à l'aube pour sauver des dauphins échoués sur une île voisine. Monsieur héros des océans.

Elle secoue la tête, amusée, puis attrape une autre caisse.

Je désigne le bateau.

— Tu veux un coup de main ?

Elle me regarde une seconde, puis hoche la tête.

— Oui, je ne dirais pas non.

Je monte à bord avec précaution. Le bois est encore humide sous mes semelles. Je saisis une caisse. Elle est plus lourde que je ne l'imaginais et mes bras protestent un peu, mais je la porte jusqu'au quai.

Nous travaillons quelques minutes sans parler, synchronisées. Le vent soulève légèrement mes cheveux, l'odeur du poisson se mêle à celle du café venant du bar.

Quand la dernière caisse est déposée, Elena pose ses mains sur ses hanches et m'observe avec un sourire approbateur.

— Pas mal du tout.

Je hausse les épaules, un peu essoufflée mais fière.

Elle se penche légèrement vers moi.

— Dis-moi… tu as le mal de mer ?

Je secoue la tête.

— Non.

— Vraiment ?

— Jamais.

Elle esquisse un sourire plus large.

— Alors ça te dirait de venir avec moi retirer les filets un peu plus loin ? Rien de spectaculaire. Juste la mer, le vent... et quelques jurons contre des cordages récalcitrants.

Je regarde mon vélo appuyé contre le poteau. Puis la mer, étale et lumineuse.

Je n'hésite pas longtemps.

— D'accord.

Elena claque dans ses mains comme si elle venait de conclure une affaire.

— Parfait. Attache ton vélo ici. Aujourd'hui, on fait mieux qu'une balade.

Je noue l'antivol autour du poteau, le cœur légèrement plus rapide qu'à mon réveil.

La mer m'attend.

29

Elena détache les amarres avec des gestes sûrs. Le moteur tousse une seconde avant de gronder plus franchement. Le bateau quitte le quai lentement, glissant hors de l'abri du port, puis gagne en vitesse à mesure que nous dépassons la digue.

Dès que nous franchissons la jetée, le mouvement change. Les vagues frappent la proue avec plus de vigueur. L'eau éclabousse les vitres de la cabine et ruisselle en traînées salées. Le ciel, jusque-là clair, se couvre de nuages plus épais qui assombrissent légèrement l'horizon.

Elena tient la barre avec assurance. Ses épaules sont droites, son regard fixé loin devant. Ici, elle n'est plus seulement poissonnière. Elle est dans son élément.

— Clara, enlève, les pare-battages et pose-les à l'intérieur, s'il te plaît.

Je mets une seconde à comprendre.

— Les boudins blancs le long de la coque, précise-t-elle.

Je me déplace prudemment, le bateau oscillant sous mes pieds. Je détache le premier pare-battage, puis le second. Le vent fouette déjà plus fort qu'au port. Mes doigts s'engourdissent légèrement sous l'humidité salée.

Je les range à l'intérieur comme elle me l'a demandé.

— Parfait, lance-t-elle. Maintenant, accroche-toi ici quand je ralentis.

Elle réduit la vitesse. Le moteur change de tonalité. Nous approchons de la zone des filets.

Le treuil se met en marche dans un grincement métallique. Le câble se tend, vibre, gémit presque. Lentement, le filet émerge de l'eau, lourd d'algues et de prises argentées qui frémissent encore.

Le bateau tangue plus franchement.

Je m'agrippe instinctivement à la rambarde.

— Viens ici, dit Elena. Attrape cette corde. Oui, comme ça.

Elle pose ma main sur le cordage tendu.

— Sens la tension. Si ça tire trop, tu me le dis.

Je hoche la tête. La vibration traverse ma paume, remonte dans mon bras. Une vague plus forte frappe le flanc du bateau. L'eau éclabousse le pont, froide et vive.

Mon cœur bondit, mais Elena ne vacille pas.

— C'est normal. Elle teste toujours un peu.

Le vent se lève davantage. Le ciel devient plus métallique. Les vagues creusent la surface, projettent de l'écume contre la coque.

Je sors brièvement mon téléphone depuis l'abri de la cabine et prends quelques photos. Le paysage est sauvage, capricieux. Le contraste entre le gris des nuages et le vert sombre de l'eau est saisissant. Les cordages tendus, le filet qui remonte, la silhouette concentrée d'Elena… tout paraît intense.

— Gilet bien attaché ? me demande-t-elle soudain.

Je vérifie instinctivement.

Elle s'approche, ajuste elle-même les sangles avec sérieux.

— La mer, c'est beau. Mais on la respecte.

Je hoche la tête.

Le treuil continue son travail. Elena guide le filet pour qu'il ne s'emmêle pas. Elle me montre comment dégager une maille prise dans une algue épaisse, comment vérifier que rien n'est déchiré.

— Pas trop vite, dit-elle en ajustant la vitesse. Voilà. Parfait.

Je participe réellement. Je tiens la corde quand elle me le demande. Je relâche au bon moment. Je stabilise le filet pendant qu'elle trie les prises.

Le bateau oscille encore, mais mon corps s'adapte au rythme.

Le dernier filet est enfin remonté. Elena coupe le moteur un instant pour inspecter rapidement les mailles, trier ce qui doit l'être. Je l'aide à repositionner correctement les cordages.

Puis elle remet le moteur en marche et met le cap vers l'île.

Le vent souffle toujours, mais je ne tremble pas.

Je me tiens droite, les mains posées sur la rambarde, les joues rougies par le sel. L'île se rapproche lentement, silhouette familière au loin.

La mer reste capricieuse.

Mais moi, je tiens.

À mesure que nous approchons du port, les vagues se calment. Le moteur ralentit. Les bateaux amarrés réapparaissent, les voix des pêcheurs nous parviennent de nouveau.

Elena manœuvre avec précision et accoste sans heurt. Elle attache les amarres d'un geste sûr, puis se tourne vers moi avec un sourire satisfait.

— Alors ?

Je prends une inspiration, encore traversée par l'énergie de la mer.

— Je crois que je préfère ça au vélo.

Elle rit franchement.

— Attention, tu vas finir par demander un contrat.

Je souris, les cheveux collés par le sel, les mains encore marquées par les cordages.

Le quai est stable sous mes pieds lorsque je descends du bateau.

30

Je récupère mon vélo, encore attaché au poteau du quai. Mes jambes sont lourdes lorsque je monte en selle. L'effort en mer a laissé une trace dans chaque muscle, une fatigue franche, honnête.

Je pédale lentement jusqu'à la maison.

L'air salé sèche sur ma peau. Mes cheveux sont encore imprégnés d'embruns. Mes bras me rappellent les cordages, la tension des filets, le poids des caisses.

Mais je me sens droite.

Vivante.

En rentrant, je pose mon sac près de la porte et file directement sous la douche. L'eau chaude rencontre la peau échauffée par le vent. Je ferme les yeux quelques secondes, laisse la chaleur apaiser mes épaules.

Jc suis ćpuisćc.

Pas vidée.

Épuisée.

La différence est immense.

Après m'être changée, je m'installe sur le canapé avec mon ordinateur. Je transfère les photos et les vidéos prises en mer. Le treuil qui remonte le filet, le câble tendu vibrant sous la pression, la proue du bateau fendant les vagues, l'écume projetée contre la vitre de la cabine. Une vidéo du retour au quai, le bateau qui se stabilise, les amarres lancées avec précision.

Je sélectionne aussi une image plus calme : des oiseaux posés sur la cabine de contrôle, immobiles malgré le vent, comme s'ils savaient exactement où se placer.

Je compose mon post.

Quelques mots sur la mer capricieuse. Sur le respect qu'elle impose. Sur la sensation de tenir une corde tendue sans la lâcher.

Je publie.

Les notifications arrivent presque aussitôt. Les commentaires sont différents cette fois. Plus engagés. Plus admiratifs.

« On ne t'a jamais vue comme ça. »

« Ton regard a changé sur ces photos »

« Ça te ressemble tellement plus »

Je souris.

Je me sens détendue, même si mon corps proteste à chaque mouvement. Mes cuisses tirent, mes épaules sont lourdes, mes mains légèrement rouges d'avoir serré les cordages.

Mon téléphone vibre.

Son prénom s'affiche encore.

Je regarde l'écran.

« Pourquoi tu ne réponds pas ?
Tu fais quoi toute la journée ?
J'ai l'impression que tu m'évites. »

Le ton est plus pressant.

Moins déguisé.

Je sens la tentative.

Je sens l'ancien réflexe qui voudrait se justifier, expliquer, rassurer.

Mais la fatigue physique m'ancre dans autre chose. Mes bras sont encore marqués

par l'effort. Mes cheveux sentent encore la mer.

Je me revois sur le bateau, tenant la corde malgré les vagues.

Je repose le téléphone sur la table basse.

Cette fois, le message ne s'enfonce pas sous ma peau.

Il reste à la surface.

Je m'allonge contre le dossier du canapé, les yeux fermés un instant.

Le corps épuisé.

Mais l'esprit est plus léger.

Et ça, il ne peut pas me l'enlever.

31

En fin d'après-midi, malgré la fatigue qui alourdit encore mes muscles, je ressens le besoin de retourner vers la plage. Pas pour fuir. Pas pour chercher quelqu'un. Simplement pour retrouver ce point fixe qui m'apaise.

Je prends mon livre, enfile un pull plus chaud et descends vers le sable.

La mer est plus sombre aujourd'hui. Le vent a changé. Il souffle plus bas, plus dense. Je m'assieds sur une petite butte de sable, dos à la dune, et ouvre mon roman à la page marquée ce matin.

Je lis.

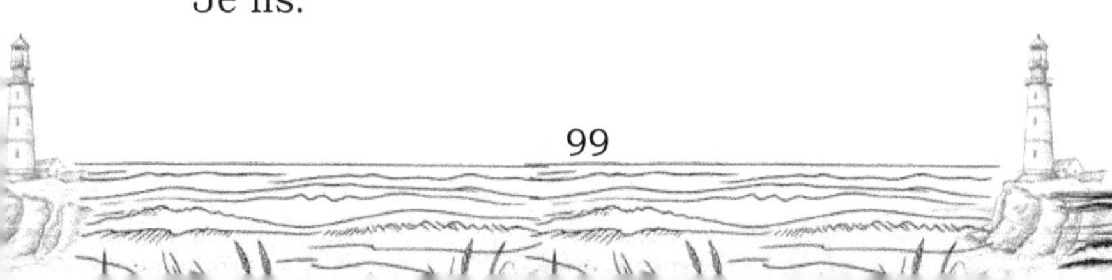

Les vagues rythment les phrases. L'air salé s'infiltre entre les lignes. Je me laisse absorber, concentrée au point d'oublier presque le monde autour de moi.

Je ne remarque pas tout de suite la silhouette qui s'approche.

— Bonsoir.

Je sursaute légèrement et lève les yeux.

Julien se tient à quelques pas, les mains dans les poches, un demi-sourire au coin des lèvres.

— Bonsoir.

— Je ne voulais pas vous déranger. Vous aviez l'air... ailleurs.

Je referme doucement mon livre.

— C'est le but.

Il jette un coup d'œil vers l'horizon. Les nuages se sont épaissis, plus sombres que tout à l'heure.

— Vous avez vu le ciel ?

Je tourne la tête.

Le vent se lève brusquement, soulève le sable en fines traînées.

— Il va pleuvoir, ajoute-t-il calmement.

Comme pour confirmer ses paroles, une première goutte froide tombe sur ma page ouverte.

Puis une autre.

Je me lève précipitamment.

En quelques secondes, le ciel s'ouvre. La pluie tombe d'abord serrée, puis drue, presque violente. Les vagues se soulèvent davantage, frappent la côte avec plus d'énergie.

Nous marchons rapidement vers les maisons, côte à côte. Le vent plaque mes cheveux contre mon visage, mes vêtements se mouillent presque instantanément.

Il ne cherche pas à me toucher pour me guider. Il reste simplement à ma hauteur.

La maison n'est plus qu'à quelques mètres quand la pluie se transforme en véritable averse.

— Ce n'était pas une menace en l'air, dit-il en haussant légèrement la voix pour couvrir le bruit.

Je ris malgré moi.

Nous atteignons la porte. Je cherche mes clés, les mains tremblantes à cause du froid et de la pluie.

Je me tourne vers lui.

Il est trempé.

Ses cheveux collent à son front, sa veste foncée est assombrie par l'eau.

— Entrez, dis-je sans réfléchir.

La phrase sort naturellement.

Il hésite une fraction de seconde, puis acquiesce.

— Juste le temps que ça se calme.

Nous pénétrons dans la maison encore imprégnée de chaleur.

Je referme la porte derrière nous. Le bruit de la pluie contre les vitres devient plus sourd, plus lointain.

Un silence nouveau s'installe.

Plus proche.

Je pose mon livre sur la table, retire mon pull humide.

— Je vais faire du thé.

— Ça me semble être une excellente décision, répond-il avec sérieux.

Je souris en me dirigeant vers la cuisine.

Dehors, la pluie redouble.

La nuit tombe.

À l'intérieur, la lumière est douce.

Et pour la première fois, je n'ai pas l'impression d'être envahie.

32

La pluie redouble contre les fenêtres. Elle frappe la baie vitrée avec régularité, comme un battement sourd qui accompagne la soirée. L'orage gronde au loin, profond, roulant au-dessus de la mer sombre.

Nous nous installons dans le canapé, chacun à une extrémité d'abord, une tasse de thé chaud entre les mains. La vapeur s'élève doucement, brouillant par instants la lumière du salon.

La conversation glisse naturellement. De la mer. De l'île. Des tempêtes d'hiver qui isolent parfois les habitants pendant des jours. Il parle sans envahir, raconte sans se mettre en avant. Sa voix se mêle au bruit de la pluie.

Un éclair fend soudain le ciel.

La pièce s'illumine brièvement, révélant nos silhouettes dans la vitre, puis l'obscurité revient, plus douce encore.

Nous nous rapprochons sans y penser vraiment, pour mieux observer l'orage. Le canapé grince légèrement lorsque Julien se laisse glisser plus profondément dans l'assise. Il pose son bras le long du dossier, derrière moi, sans me toucher.

Juste là.

Présent.

Nos regards se croisent.

D'abord brièvement.

Puis une seconde de plus.

Assez longtemps pour que le silence change de texture.

Je sens quelque chose traverser mon ventre. Une chaleur fine, inattendue. Une sensation que je pensais éteinte. Que j'avais presque oubliée.

L'attirance.

Pas brutale.

Pas pressante.

Mais réelle.

Je détourne légèrement les yeux, consciente de mon souffle qui s'est modifié. Je sens mon cœur battre un peu plus vite, non pas de peur, mais d'un trouble nouveau.

Je ne sais plus comment m'y prendre.

Je ne sais plus comment on fait quand on ressent ça.

Pendant des années, j'ai appris à m'effacer, à deviner, à éviter les gestes qui pourraient déranger. J'ai appris à faire attention à la moindre réaction.

Avec lui, il n'y a pas de tension menaçante.

Et pourtant, je me sens maladroite.

Julien ne commente pas le silence. Il ne s'avance pas. Il ne réduit pas davantage la distance.

Il laisse simplement le moment exister.

Un nouvel éclair illumine la baie vitrée. L'orage gronde plus fort, puis s'éloigne légèrement vers le large.

Je respire plus profondément.

La pluie continue de tomber.

Et je comprends que cette sensation, si longtemps absente, ne me fait pas peur.

Elle me surprend, seulement.

33

La pluie frappe la baie vitrée avec plus d'insistance. L'orage gronde au loin, profond, roulant au-dessus de la mer noire. Nous sommes installés dans le canapé, chacun avec une tasse de thé chaud entre les mains.

Le silence devient presque palpable.

Julien se redresse légèrement, comme pour alléger l'atmosphère sans la briser.

— Alors... comment était le temps ce matin pendant votre balade ?

Je cligne des yeux, surprise par la simplicité de la question.

— Je n'y suis pas allée.

Il marque un temps.

— Moi non plus.

Je relève la tête.

— Vraiment ?

Il hoche la tête, un sourire discret au coin des lèvres.

— Première fois depuis longtemps.

Un silence s'installe de nouveau. Différent. Plus léger.

Je laisse échapper un petit rire nerveux.

— Drôle de coïncidence, dis-je légèrement surprise.

— Nous n'y sommes pas allés tous les deux... sans nous concerter, avance-t-il d'une voix basse.

Nos regards se croisent. Plus longtemps cette fois.

Est-ce le timing ?

Une connexion qui se fait naturellement ?

Ou une simple coïncidence ?

Un éclair fend le ciel. La pièce s'illumine un instant avant de replonger dans la pénombre douce du salon.

La pluie redouble.

Je me lève.

— Vous devriez peut-être rester dîner. Le temps ne semble pas prêt de se calmer.

Il hésite une fraction de seconde.

— Si je ne dérange pas.

— Vous ne dérangez pas.

Dans la cuisine, la lumière est chaude, presque dorée. Elle adoucit les angles, réchauffe les murs, enveloppe l'espace d'une intimité simple. La pluie continue de tomber dehors, mais ici tout paraît plus calme.

Nous travaillons côte à côte, sans nous gêner. Il coupe les tomates avec un sérieux presque appliqué, concentré sur sa tâche comme s'il s'agissait d'une mission importante. Je souris en coin en le regardant faire, puis reporte mon attention sur la casserole que je remue lentement.

Il me tend un ustensile. Nos doigts se frôlent à peine.

Ce n'est rien.

Juste un contact bref.

Et pourtant, une étincelle discrète remonte le long de ma main. Une sensation vive, inattendue, qui me fait retenir mon souffle une fraction de seconde. Je fais comme si de rien n'était, mais mon corps, lui, a déjà réagi.

Je me retourne pour attraper un plat posé derrière moi.

Je ne calcule pas la distance.

Je le heurte.

Pas violemment. Juste assez pour perdre l'équilibre une demi-seconde. Ses mains se posent instinctivement sur mes bras pour me retenir. Le geste est immédiat, naturel, presque réflexe.

Le contact est là.

Présent.

Impossible à ignorer.

Je lève les yeux.

Il est très proche. Assez pour que je sente la chaleur de son corps, le souffle léger qui effleure ma peau. Son regard n'a plus rien de neutre. Il est troublé, lui aussi. Plus profond. Chargé de tout ce que nous avons contenu depuis le début de la soirée.

Le temps semble ralentir.

Ni lui ni moi ne bougeons tout de suite. Il n'y a pas de précipitation. Pas de gêne excessive non plus. Juste cette suspension, fragile et douce, où l'on comprend que quelque chose est en train de naître.

Je sens un sourire presque imperceptible étirer mes lèvres, mélange de trouble et de joie inattendue.

Le silence s'étire un peu plus…

Puis il glisse lentement ses bras autour de ma taille.

Le geste est assumé, mais il me laisse encore la possibilité de reculer.

Je ne recule pas.

Il m'attire contre lui. Mon corps répond naturellement. La chaleur de son torse traverse le tissu humide de mes vêtements. Ses lèvres trouvent les miennes.

Le baiser est intense.

Pas précipité.

Pas brutal.

Il m'embrasse comme si l'émotion cherchait une issue. Comme si l'attirance tissée depuis plusieurs jours ne pouvait plus rester suspendue.

Je sens ses mains se resserrer légèrement dans mon dos. Nos corps se frôlent, se reconnaissent presque. Une chaleur vive traverse mon ventre. Une sensation que je croyais oubliée.

Je me laisse porter une seconde de plus.

Puis, presque en même temps, nous nous détachons.

Comme si nous avions besoin de reprendre souffle.

De contenir l'intensité.

Nous restons face à face, le cœur battant, encore enveloppés par ce qui vient de se produire.

— Je… désolé, murmure-t-il.

Sa voix est basse. Sincère.

Je secoue légèrement la tête.

— Ne vous excusez pas.

Le silence qui suit est dense, mais pas lourd.

Nous avons franchi quelque chose.

Et nous le savons.

Je reprends doucement, presque comme si rien ne s'était passé :

— On finit le dîner ?

Un sourire maladroit apparaît sur ses lèvres.

— Oui. Bonne idée.

Nous préparons le repas dans une atmosphère différente. Plus consciente. Plus attentive. Nos gestes sont plus lents, presque prudents.

Nous nous installons ensuite dans le canapé avec un plateau sur les genoux. Dehors, la pluie continue de tomber, mais l'orage s'éloigne progressivement vers le large. À travers la baie vitrée, nous admirons encore quelques éclairs au loin, la mer qui reflète brièvement la lumière blanche avant de replonger dans l'obscurité.

Nous parlons longtemps. De nos enfances. De l'île. De ce qu'on croyait devenir et de ce que la vie a décidé autrement. Il écoute vraiment. Je me surprends à raconter sans me surveiller.

Les heures passent sans que nous nous en rendions compte.

La fatigue me gagne doucement. Mon épaule touche la sienne. Il ne s'éloigne pas.

Il laisse simplement sa présence être là.

Nos voix se font plus basses, puis plus rares. Je sens sa respiration se stabiliser.

La mienne ralentit et la pluie devient un murmure lointain.

Nous nous endormons là, dans le canapé, sans préméditation, simplement épuisés par l'émotion, par la discussion, par cette journée trop pleine.

Pour la première fois depuis longtemps, je ne m'endors pas avec la peur, je m'endors avec une chaleur tranquille au creux de la poitrine.

34

Je me réveille lentement, tirée du sommeil par une lumière douce qui traverse la pièce. Les rayons du soleil filtrent à travers les rideaux et viennent caresser le canapé, réchauffant l'air encore chargé de la nuit.

Mon téléphone vibre.

Encore.

Puis encore.

Je fronce légèrement les sourcils, encore à moitié endormie. Le temps que mon esprit émerge, je prends conscience de la position dans laquelle je me trouve.

Je suis blottie contre lui.

Nichée dans ses bras, comme si ma place avait toujours été là.

Julien dort profondément. Son visage est détendu, presque juvénile. Il a l'air épuisé,

comme quelqu'un qui a manqué de sommeil depuis trop longtemps et qui, enfin, s'autorise à lâcher prise. Sa respiration est régulière, paisible.

Je reste immobile quelques secondes, le cœur un peu serré par cette image.

Le téléphone vibre encore.

Doucement, je me redresse, prenant soin de ne pas le réveiller. Je glisse hors de ses bras avec précaution, attrape mon téléphone et coupe le mode vibreur. Le silence revient aussitôt.

Je traverse le salon sur la pointe des pieds et gagne la cuisine.

Je mets la cafetière en route, remplis la bouilloire et m'appuie un instant contre le plan de travail. Mon regard se pose sur l'écran de mon téléphone.

Encore lui.

Plusieurs messages.

Je ne les lis pas tous en détail. Je reconnais le ton. L'insistance. Cette manière de réclamer sans jamais demander franchement.

Une pensée me traverse l'esprit.

Je ne sais pas comment expliquer tout ça à Julien.

Je me dis aussi qu'il ne me reste que dix jours ici.

Dix jours à vivre sans me justifier.

La bouilloire siffle doucement.

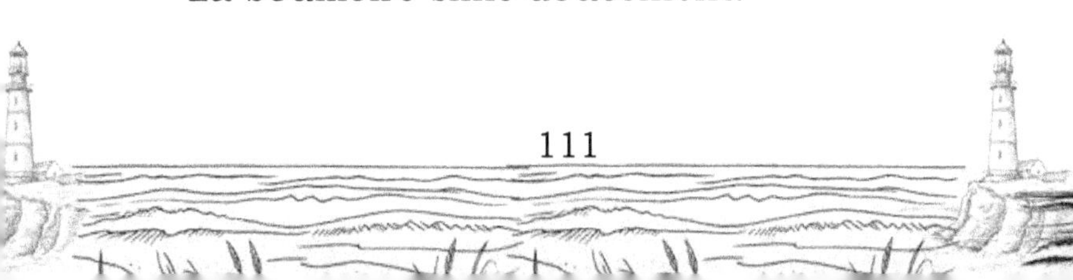

Je sursaute presque, attrape deux tasses sans trop réfléchir et commence à les remplir. Le café fume, emplit la pièce d'une odeur rassurante.

Je suis encore en train de poser la seconde tasse quand je le sens derrière moi.

— Salut.

Je me retourne à peine.

Julien est là, les cheveux encore en bataille, le regard encore voilé de sommeil. Il sourit, m'attrape la tasse des mains avec naturel, comme si cela faisait des années que nous partagions ce genre de matin.

Il m'embrasse.

Un baiser franc, spontané, sans réflexion.

— Désolé, je suis en retard, dit-il en attrapant sa veste. Si je traîne encore, ma patronne va me taper sur les doigts.

Il sourit, me redonne un baiser rapide sur la joue et se dirige déjà vers la porte.

Je reste figée.

Il s'arrête net, la main sur la poignée.

Il se retourne vers moi, hésite une seconde, relève les yeux.

— Désolé… c'était bizarre, ça.

Je cligne des yeux, prise de court par cette lucidité soudaine.

— Ok… Oui très bizarre.

Ma voix sort plus douce que je ne l'aurais cru. Mon souffle est un peu court, surprise par la rapidité de la scène, par l'intensité naturelle de son geste.

Il sourit, rassuré.

— Je passe te prendre à dix-neuf heures.

Puis il ouvre la porte, la referme derrière lui et disparaît.

Je reste seule dans la cuisine, une tasse de café encore chaude entre les mains.

Je ne comprends pas vraiment ce qui vient de se passer.

Mais ce n'est pas sans me déplaire.

Bien au contraire.

Je me sens... vue.

Appréciée.

Pas pour ce que je fais.

Pour ce que je suis.

CHAPITRE 2

35

Le quai est encore humide de la pluie de la nuit lorsque Julien arrive en courant.

Il n'a pas prévu d'être en retard. Mais le temps a filé plus vite que prévu. Il aperçoit déjà le bateau d'Elena qui s'éloigne doucement du quai, moteur enclenché, proue orientée vers la sortie du port.

— Elena !

Sa voix se perd dans le bruit du moteur.

Le bateau prend de l'élan.

Julien accélère.

Ses chaussures glissent légèrement sur les planches mouillées du ponton, mais il ne ralentit pas. Il calcule la distance d'un regard rapide, jauge la vitesse du bateau, puis, au dernier moment, il saute.

Sa main attrape le rebord métallique.

Son pied trouve appui.

Il se hisse à l'intérieur avec agilité, retombant lourdement sur le pont.

Le bateau tangue légèrement sous le choc.

Elena, alertée par le bruit, sort de la cabine.

Elle s'arrête net en le voyant là, déjà debout, légèrement essoufflé mais parfaitement stable.

Ses yeux s'agrandissent une seconde, puis un sourire amusé étire ses lèvres.

— Eh bien ! C'est une entrée en matière sportive… et dangereuse.

Elle croise les bras, l'observe de la tête aux pieds.

— Depuis quand tu prends autant de risques pour m'accompagner, petit frère ?

Julien passe une main dans ses cheveux, tente de reprendre un air détaché.

— J'ai raté l'heure.

— Je vois ça.

Elle secoue la tête, mi-exaspérée, mi-amusée.

— Tu aurais pu attendre le prochain départ, tu sais.

— Et te laisser seule avec les filets ? Jamais.

Elle lève les yeux au ciel, mais son sourire ne disparaît pas.

— Tu as de la chance que je sois déjà sortie du port. Sinon, je t'aurais laissé courir encore un peu.

Il esquisse un sourire en coin, s'approche pour attraper une corde et la fixer correctement.

— Avoue que ça t'a impressionnée.

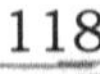

— Pas du tout. J'ai surtout imaginé le rapport d'accident que j'aurais dû remplir.

Le moteur gronde plus fort alors qu'elle reprend le cap vers le large. Julien s'installe à ses côtés avec naturel, déjà concentré.

Leur complicité est ancienne, solide. Ils se comprennent sans beaucoup parler.

Mais quelque chose, dans la précipitation de Julien ce matin, n'est pas passé inaperçu.

Elena l'observe brièvement.

Il ne saute pas dans un bateau en marche sans raison.

Le bateau a déjà quitté l'abri du port lorsque Julien reprend sa place près du treuil, comme si son arrivée spectaculaire n'avait été qu'un simple détail logistique. Le moteur gronde de manière régulière et la coque fend une mer encore légèrement agitée par les restes de l'orage nocturne. L'air est frais, chargé d'humidité.

Elena tient la barre, droite, concentrée, mais son regard glisse à plusieurs reprises vers son frère. Elle ne dit rien d'abord. Elle le laisse s'occuper des cordages, vérifier les attaches, ajuster les réglages avec son sérieux habituel. Pourtant, quelque chose ne colle pas tout à fait.

Après quelques minutes, elle rompt enfin le silence.

— Alors... tu ne veux toujours pas me dire pourquoi tu es souvent en retard ces derniers jours ?

Julien ne relève pas immédiatement les yeux. Il

vérifie un cordage, ajuste une attache, comme si la question s'était perdue dans le bruit du moteur...

— Je t'ai dit. J'ai du mal à me lever ces derniers temps.

Il secoue la tête avec un demi-sourire qui se veut léger, presque désinvolte.

Elena observe ce geste. Elle le connaît par cœur. Julien n'est pas du genre à manquer une marée pour un simple problème de réveil. Il est ponctuel, fiable, rigoureux. Depuis toujours, il anticipe, il prévoit, il calcule. Il ne court pas sur un ponton glissant pour rattraper un bateau en marche sans raison valable.

Elle l'a vu traverser des périodes plus sombres, plus fermées. Elle sait reconnaître la fatigue d'un homme préoccupé et celle d'un homme distrait. Mais ce qu'elle voit aujourd'hui est différent.

Il ne semble ni fermé ni abattu. Au contraire, il paraît ailleurs. Plus léger. Comme si quelque chose occupait ses pensées d'une manière nouvelle. Une distraction douce, presque imperceptible, mais bien réelle.

Elena esquisse un sourire discret sans qu'il ne s'en aperçoive. Elle comprend qu'il y a autre chose derrière ces retards répétés. Quelque chose qu'il ne nomme pas encore. Quelqu'un, peut-être.

Elle ne pose pas d'autres questions.

La mer s'ouvre devant eux et le travail les attend. Certaines choses n'ont pas besoin d'être forcées.

Elles finissent toujours par émerger d'elles-mêmes.

Julien relève la tête, prêt à aider pour la remontée des filets, déjà concentré comme s'il n'avait jamais été en retard. Elena ajuste le cap sans un mot de plus.

36

La maison me paraît différente après son départ. Je reste quelques secondes immobile dans la cuisine, la tasse encore tiède entre les mains, comme si j'essayais de retenir ce qui vient de se passer. Ce n'est pas seulement le baiser d'hier soir. Ce n'est pas seulement le réveil blottie contre lui. C'est la spontanéité de ce matin. Cette façon qu'il a eue de m'embrasser sans réfléchir, de me tutoyer naturellement, comme si cela allait de soi.

Je ne me suis pas sentie envahie.

Je me suis sentie choisie.

Je pose la tasse dans l'évier et j'ouvre les fenêtres. L'air marin entre aussitôt, frais et lumineux. Je mets un peu de musique, quelque chose de léger, presque joyeux, et je commence à ranger la maison. Je replie les plaids, je remets les coussins en place, j'essuie la table basse. Mes gestes sont simples, fluides. Je ne nettoie pas pour effacer une pensée ou combler un vide. Je bouge parce que j'en ai envie.

Je me surprends à fredonner.

Je m'arrête une seconde, étonnée. Ça ne m'était pas arrivé depuis longtemps.

Je me sens légère. Pas euphorique. Pas exaltée. Juste... stable.

Après avoir rangé, j'enfile une robe légère et j'attrape mon livre ainsi que mon appareil photo. J'ai envie de sortir, de marcher, de voir la mer autrement qu'à travers la fenêtre. Le village s'éveille doucement. Les terrasses se remplissent, le marché s'installe sur le quai, les voix se mélangent sans m'agresser.

Je prends le petit sentier de pierre qu'Elena m'a montré. Il monte jusqu'à un point de vue discret, à l'abri des regards. Arrivée en haut, je m'arrête.

La mer est calme aujourd'hui. Elle s'étend à perte de vue, brillante sous le soleil. Le vent est léger, presque caressant. Je m'assois sur le banc de bois et j'ouvre mon livre. Je lis quelques pages, puis je relève les yeux vers l'horizon. J'ai envie de garder ce moment.

Je prends des photos. Mon livre posé sur mes genoux avec la mer en arrière-plan. Mes pieds nus face à l'eau. La lumière qui se reflète sur les vagues. En redescendant vers le village, je capture aussi les étals colorés du marché, les bouquets d'herbes fraîches, les paniers tressés.

Je me sens bien. Vraiment bien.

Ce n'est pas une joie explosive. C'est une paix douce qui s'installe quelque part en moi, comme si mon corps savait avant mon esprit que je suis exactement là où je dois être.

De retour à la maison, je transfère les photos sur mon ordinateur. Je prends le temps de les regarder, d'ajuster les couleurs, d'harmoniser l'ensemble. Mon fil Instagram ne ressemble plus à ce qu'il était. Il respire davantage. Il est plus lumineux.

J'écris une phrase.

« Peut-être que le bonheur se trouve au bord de l'eau. »

Je relis. Mon cœur bat un peu plus vite. Puis je publie.

Les notifications arrivent rapidement. Beaucoup plus que d'habitude. Je lis les commentaires un à un. Certains racontent leur premier baiser au bord d'une rivière.

D'autres parlent d'étés passés près d'une piscine municipale, de leurs premiers plongeons, de la découverte d'un métier, d'une vocation. Une femme évoque le jour où elle est devenue maître-nageuse. Un homme raconte comment le surf a changé sa vie. D'autres parlent de voile, de sport nautique, de liberté.

Ma phrase ne parle pas seulement d'amour.

Elle parle de vie.

Je souris en lisant leurs souvenirs. Ce n'est plus une quête d'approbation. C'est un échange. Une résonance. Je comprends que le bonheur n'est peut-être pas une personne. C'est un espace où l'on respire mieux. Un endroit où l'on se retrouve.

Je referme l'ordinateur et m'approche de la fenêtre.

Je me sens heureuse.

Libre.

Détendue.

Et pour la première fois depuis longtemps, je sais que ce que je ressens m'appartient.

37

Il est presque dix-neuf heures.

Je suis debout au milieu du salon, face à l'armoire entrouverte, incapable de décider quoi porter. Une robe un peu plus habillée ? Un jean simple ? Julien ne m'a rien dit. Il a seulement affirmé, ce matin, avec une évidence tranquille : *Je passe te prendre à 19h.*

Je ne sais pas si c'est un dîner au restaurant, une promenade sur le port ou simplement un verre quelque part. Je me sens soudain maladroite, comme si je n'avais plus l'habitude de me préparer sans consigne précise. Mon reflet dans le miroir me paraît hésitant.

Mon téléphone vibre.

Je sais déjà qui c'est.

Je le fixe quelques secondes avant de le prendre. Les messages s'enchaînent.

Reviens, je t'en prie.

Je vais changer.

Réponds-moi, je m'inquiète.

Je ne sais pas si je dois prévenir la police, s'il t'est arrivé quelque chose.

Mon cœur se serre malgré moi. Il sait comment créer l'urgence. Comment déplacer la faute. Comment transformer mon silence en danger.

Un dernier message arrive.

« Ok d'accord. Tout est de ma faute. Tu as raison. Je suis complètement immature et

stupide. Je me rends compte que tu as raison. »

Je ferme les yeux. Je sens la chaleur monter sous ma peau. Ma tête commence à se resserrer, cette pression familière qui annonce la migraine, comme si mon corps se souvenait avant moi.

Je lance le téléphone sur le canapé, plus brusquement que prévu. Mes mains glissent sur mon visage, tentant d'effacer la tension.

Respire.

Ne replonge pas.

On frappe.

Doucement.

Mon cœur sursaute. Je jette un regard au téléphone resté visible sur l'assise. L'écran brille encore. Les notifications empilées me narguent.

On frappe une seconde fois.

Je m'avance vers la porte, puis je bifurque légèrement vers le canapé. Je m'abaisse, comme pour ajuster un coussin, et j'enfonce discrètement le téléphone dans la rainure entre l'assise et le dossier. Le geste est instinctif. Comme si je voulais étouffer non seulement les vibrations, mais aussi ce qu'il représente.

Je me redresse, lisse le tissu de ma robe et ouvre la porte.

Julien est là.

À l'heure.

Exactement comme il l'avait dit.

Cette simple précision me surprend plus que je ne l'aurais cru. Quelqu'un qui tient sa parole sans relance, sans reproche, sans justification.

Il me sourit. Puis son regard s'attarde un peu plus longtemps sur mon visage.

— Ça n'a pas l'air d'aller.

Sa voix est calme, sans insistance.

Je secoue la tête un peu trop vite.

— Tout va bien.

Je me tiens encore légèrement devant le canapé, comme si je protégeais quelque chose d'invisible. Je sens mes épaules tendues. Je tente de reprendre contenance.

— Je suis désolée... je ne sais pas quoi me mettre. Et je ne sais pas où tu comptais m'emmener.

Ma voix est plus basse que prévu, presque timide. Comme si je m'excusais d'être déstabilisée.

Julien ne répond pas tout de suite. Il ne cherche pas à regarder derrière moi. Il ne me demande pas ce que je cache. Il observe simplement mes yeux. Il voit que quelque chose m'a traversée, mais il ne me force pas à l'expliquer.

Il s'approche d'un pas, juste assez pour réduire la distance sans l'imposer.

— Tu es très bien comme tu es.

La phrase tombe avec simplicité. Sans flatterie excessive. Sans emphase.

Je sens la tension dans mes tempes se relâcher légèrement. Il ne dramatise pas. Il ne me fait pas douter. Il constate.

Il reste.

Je prends mon sac posé près de l'entrée.

— Alors... on va où ?

Ma voix est plus stable cette fois.

Il sourit.

— Surprise.

Je referme la porte derrière moi. Je n'ai pas regardé une seule fois vers le canapé.

Et je réalise que, pour la première fois depuis longtemps, je sors sans avoir peur de ce qui m'attend.

38

Nous marchons en silence jusqu'au phare. Le ciel s'est dégagé depuis l'orage de la veille et la nuit tombe doucement, sans brutalité. L'air est frais mais agréable, chargé d'embruns. La mer ralentit ses mouvements à mesure que la marée change, comme si elle respirait plus lentement.

Julien me guide sans rien dire, un léger sourire aux lèvres. Lorsque nous arrivons au pied du phare, je comprends qu'il ne s'agit pas d'un simple dîner improvisé.

Sur l'un des rochers les plus larges, légèrement en hauteur, une couverture grise a été soigneusement posée. À côté, un petit sac en toile. La lumière du phare tourne au-dessus de nous, balayant la mer à intervalles réguliers, éclairant par moments l'eau sombre qui scintille sous les étoiles.

Je reste immobile quelques secondes.

— Tu as préparé ça… pour nous ?

Il hausse les épaules, presque gêné.

— Je me suis dit que ce serait plus calme ici.

Il sort du sac deux sandwichs soigneusement emballés. Rien de spectaculaire. Du pain frais, des fruits de mer, quelques herbes, une touche de citron. Il a même pensé aux serviettes en papier et à une petite bouteille d'eau pétillante.

Je m'assois sur la couverture. Le rocher est encore tiède de la chaleur du jour. La mer s'étend devant nous, immense et paisible. La lumière du phare éclaire suffisamment pour distinguer les contours des vagues qui avancent lentement vers la côte.

Nous mangeons côte à côte, nos épaules se frôlant légèrement. Il me parle du phare, de la manière dont il rythme les nuits des pêcheurs, de l'importance de ses signaux quand le temps se dégrade. J'écoute, fascinée par sa manière simple de raconter les choses.

Ce n'est pas grandiose ni extravagant.

Et pourtant, je me sens profondément touchée.

Je regarde autour de moi :

La couverture, les sandwichs, la mer qui respire doucement sous la lune, la lumière qui tourne au-dessus de nos têtes.

Je me surprends à penser :

C'est si simple, et c'est incroyablement beau.

Il n'y a pas de mise en scène excessive. Pas de promesse grandiose. Pas de mots compliqués.

Juste une attention sincère.

Je tourne légèrement la tête vers lui.

— C'est... parfait.

Il me regarde comme s'il n'était pas certain de mériter ce mot.

La lumière du phare balaie nos visages une seconde, puis l'ombre revient. Je sens sa main se poser doucement sur la mienne, sans pression, juste pour vérifier que je suis là.

Je ne la retire pas.

Nos regards se croisent à nouveau. Cette fois, il n'y a pas de surprise, pas de précipitation. Seulement une compréhension silencieuse.

Il se penche vers moi lentement.

Je fais le reste de la distance.

Le baiser est plus doux que le premier. Moins urgent. Plus conscient. Ses lèvres sont chaudes, rassurantes. Il n'y a pas de précipitation, seulement une tendresse profonde qui s'installe.

Je sens mes épaules se relâcher complètement. Mon corps ne se met pas en alerte. Mon esprit ne cherche pas à analyser.

Je suis simplement là.

Quand nous nous séparons, il ne s'excuse pas cette fois. Il reste près de moi, son front presque contre le mien.

Je laisse échapper un léger rire.

— Je crois que je ne m'attendais pas à ça.

— À quoi ?

Je réfléchis une seconde.

— À ce que ce soit aussi... simple.

Il sourit doucement.

— Le mieux est souvent simple.

Je regarde la mer. La lumière du phare continue sa ronde régulière. La nuit est claire, étoilée. Le monde semble immense et pourtant parfaitement à sa place.

Je me dis que jamais personne ne m'a offert quelque chose d'aussi simple et aussi juste.

Pas un geste pour impressionner, pas une démonstration.

Une attention.

Je sens quelque chose s'ouvrir en moi sans douleur.

Et pour la première fois depuis longtemps, je ne me demande pas si je mérite ce moment.

Je le vis.

39

Nous quittons le phare en silence. Le dîner est terminé, la couverture repliée, mais quelque chose continue de vibrer entre nous. Nous marchons lentement sur le sable encore humide, nos pas s'accordant naturellement. La mer murmure à notre droite, régulière, rassurante. La nuit est douce, presque tiède, et le ciel dégagé laisse apparaître quelques étoiles.

Je sens quelque chose en moi.

Pas une urgence.

Pas une peur.

Une certitude calme.

Comme si mon corps et mes pensées se mettaient enfin d'accord. Comme si tout ce que j'ai retenu, contenu, différé pendant si longtemps trouvait enfin un espace pour exister.

Nous arrivons devant la maison. Julien me laisse passer et referme la porte derrière lui. Le bruit est feutré, intime. La pièce est plongée dans une lumière douce, celle que j'ai laissée allumée avant de partir.

Je me retourne vers lui.

Je le regarde peut-être un peu trop longtemps. Avec une tendresse presque nouvelle, presque troublante. Il s'en rend compte. Son regard s'adoucit encore davantage lorsqu'il s'approche.

Je fais un pas vers lui, puis hésite. Mon corps cherche sa place avant mon esprit. Je me faufile finalement dans ses bras, naturellement, comme si je savais déjà comment faire.

Il m'enveloppe aussitôt, me serre un peu plus fort.

— Elle t'a plu, cette soirée ? murmure-t-il.

Je respire profondément. Une fois. Puis encore. Mon souffle s'accélère légèrement, comme si quelque chose s'ouvrait en moi sans retenue.

Il resserre son étreinte, comme pour m'ancrer.

Je lève les mains et les pose sur son visage. Sa peau est chaude sous mes doigts. Je ferme les yeux, laisse tomber mes dernières résistances.

— C'était parfait, dis-je d'une voix plus basse, plus vibrante que je ne l'aurais cru.

Je l'embrasse.

Longuement.

Sans précipitation.

Mes mains glissent lentement le long de son torse. Je sens son souffle changer, son corps répondre au mien. Le monde autour de nous s'efface doucement.

Il retire son pull sans me quitter du regard.

Il me soulève alors avec une facilité déconcertante. Je m'accroche à lui instinctivement, le cœur battant, mais sans peur. Il me porte jusqu'à la chambre, comme une évidence.

La porte se referme derrière nous.

Le reste de la nuit nous appartient.

40

Je me réveille encore enveloppée par la douceur de la nuit. Mon corps garde la mémoire de ses mains, de sa présence, de cette chaleur nouvelle qui ne m'a pas effrayée. Pendant quelques instants, je reste immobile, les yeux fermés, comme si je pouvais retenir ce sentiment intact avant que le jour ne vienne y poser sa lumière plus lucide.

Je me sens apaisée, presque alignée, mais la réalité revient progressivement, sans brutalité et pourtant avec insistance. Je ne suis pas totalement libre. Mon histoire passée n'est pas terminée. Je n'ai pas posé les mots clairs d'une rupture définitive. Je n'ai pas fermé la porte proprement. Et cette absence de décision commence à peser plus lourd que je ne veux l'admettre. Ce que je vis avec Julien pourrait être différent, solide, durable. Je le sens au plus profond de moi. Pourtant, une part de mon existence reste suspendue ailleurs, comme un fil que je n'ai pas encore coupé.

Julien est déjà parti lorsque je me lève. Un mot simple m'attend sur la table, accompagné d'un sourire dessiné à la hâte. Je le relis plusieurs fois avant de le glisser dans mon sac, comme si je voulais emporter avec moi la preuve tangible de sa constance.

Je décide d'aller au marché. Marcher m'aidera à calmer ce léger tiraillement intérieur. Le soleil est déjà haut, l'air limpide. Les étals s'installent le long du quai, les voix se mêlent aux cris des mouettes, et l'odeur du poisson frais flotte dans l'air. Je me surprends à sourire. Malgré le doute, malgré les questions, je me sens encore légère. Presque heureuse.

C'est en levant les yeux vers le port que tout bascule.

Le bateau d'Elena est amarré. Je m'arrête sans comprendre pourquoi mon regard s'y accroche ainsi. Puis je le vois. Julien descend du bateau avec rapidité, ses gestes précis, familiers. Il s'empresse d'attacher une corde, tire fermement pour stabiliser l'embarcation. Elena apparaît derrière lui. Ils échangent quelques mots que je ne peux pas entendre, mais leur proximité me frappe aussitôt.

Je me décale instinctivement derrière un portant de vêtements, comme si je n'avais pas le droit d'assister à cette scène. Mon cœur commence à battre plus fort, sans raison claire, comme une alarme sourde.

Julien aide Elena à descendre des caisses. Ils travaillent côte à côte avec une aisance qui ne semble pas nouvelle. Il y a entre eux une complicité ancienne, fluide, naturelle. Une complicité qui ne me concerne pas.

Puis ils se retrouvent face à face, un peu à l'écart. Leurs corps se rapprochent dans une discussion plus sérieuse. Je ne distingue pas leurs mots, mais je vois les expressions. Elena sourit soudain, un sourire large, lumineux. Elle semble sincèrement heureuse.

Et elle le prend dans ses bras.

Elle l'embrasse.

Le geste est simple, presque évident. Pourtant, il me transperce avec une violence que je ne maîtrise pas. Une douleur nette s'ouvre dans ma poitrine, brutale, familière. Tout devient flou autour de moi. Les voix du marché se mélangent, les couleurs se brouillent. Je ne vois plus que cette image.

Je connais cette sensation. Elle porte un nom que je ne veux plus prononcer. C'est la trahison, ou du moins ce que mon esprit interprète comme tel. C'est la chute après l'élan. C'est le moment où l'on comprend que l'on s'est peut-être trompée encore une fois.

Mes yeux se remplissent sans que je puisse les retenir. Je me détourne, incapable de regarder davantage. Mes pas s'accélèrent sans que je décide vraiment de partir. Je traverse le marché comme une silhouette étrangère, insensible aux regards, aux bruits, aux odeurs.

En rentrant, je referme la porte derrière moi et le silence de la maison me percute de plein fouet. C'est là que tout remonte. Les larmes que je tentais de contenir éclatent enfin. Je m'appuie contre le mur et je me laisse glisser lentement jusqu'au sol. La douleur n'est pas seulement celle de cette matinée. Elle est plus ancienne, plus profonde. Elle transporte avec elle toutes les fois où je me suis sentie insuffisante, remplaçable, naïve.

Je me sens stupide d'avoir cru que cette fois serait différente sans avoir réglé ce qui me retenait encore ailleurs. Je me sens fragile d'avoir laissé mon cœur s'ouvrir si vite. La déception que je ressens ne vient peut-être pas seulement de ce que j'ai vu, mais de la peur viscérale de revivre ce que je connais trop bien.

Je reste assise par terre, les bras entourant mes genoux, à tenter de reprendre un souffle régulier. Ce qui me fait le plus mal, ce n'est peut-être pas le geste lui-même. C'est l'idée que je pourrais encore m'être trompée. Et je ne sais pas si j'ai la force de recommencer.

41

Je reste assise dans la pénombre, le dos contre le mur, et quelque chose se met à glisser en moi, lentement, comme un poison qui remonte par couches successives. Ce n'est pas seulement la scène du quai qui me fait mal. Ce n'est pas seulement ce baiser que j'ai cru unique et qui ne l'était peut-être pas.

C'est cette vieille voix.

Celle qui revient toujours quand quelque chose se brise.

Peut-être que c'est moi.

Peut-être que je suis celle qu'on trahit.

À force d'avoir été manipulée, on finit par croire que la manipulation est une réponse logique à ce que l'on est. On finit par se dire que si quelqu'un ment, c'est qu'on n'était pas assez intéressante pour qu'il dise la vérité. Si quelqu'un s'éloigne, c'est qu'on était trop.

Trop sensible. Trop exigeante. Trop fragile.

Ou pas assez...

Pas assez belle.
Pas assez sûre.
Pas assez lumineuse.
Pas assez mince.
Pas assez grosse.
Pas assez souriante.

Je me regarde dans la vitre sombre qui me renvoie un reflet flou. Mes yeux sont gonflés. Mon visage fatigué. Et la pensée s'insinue sans que je puisse l'arrêter : peut-être qu'il a simplement vu ce que les autres voient. Une femme qui doute. Une femme qu'on peut contourner.

Les années de rabaissement ne disparaissent pas quand on change de lieu. Elles s'incrustent sous la peau comme des marques invisibles. On peut sourire, on peut avancer, mais il suffit d'un geste, d'une scène mal interprétée, pour que tout remonte.

Je me souviens de toutes ces phrases dites calmement, presque gentiment, qui m'ont érodée morceau par morceau.

“ Tu interprètes trop.”
“ Tu prends tout à cœur.”
“ Tu devrais apprendre à relativiser.”
” Tu te fais des films ”

À force, on finit par croire qu'on exagère. Que la douleur est une invention personnelle.

Et quand une scène vous heurte en plein cœur, on ne pense pas d'abord que l'autre a mal agi. On pense qu'on a encore mal compris.

C'est comme vivre avec un filtre déformant posé sur le regard. On voit le monde à travers ses propres défauts supposés. On doute de son intuition. On doute de son ressenti. On doute même de sa valeur.

Je me demande si je mérite réellement quelque chose de simple et de beau. Si ce moment au phare n'était pas une illusion née de mon besoin d'être aimée correctement.

Il y a des femmes qui restent des années dans des relations qui les diminuent. Des mères, des filles, des sœurs à qui l'on répète qu'elles sont trop lourdes, trop instables, trop compliquées. Et à force, elles finissent par se voir ainsi. Elles ne savent plus si elles ont le droit d'être respectées. Elles ne savent plus si elles méritent d'être aimées sans condition.

Je me reconnais dans cette lente corrosion.

Ce n'est pas un coup violent. C'est une pluie acide. Elle tombe doucement, régulièrement, jusqu'à user la surface.

Avec Julien, j'avais senti quelque chose de sincère. Pas spectaculaire. Pas théâtral. Juste vrai. Et peut-être que c'est cela qui me terrifie le plus : avoir cru que c'était possible pour moi.

La scène du quai me brûle comme une marque au fer rouge. Pas parce que le geste était forcément une trahison, mais parce qu'il a touché exactement l'endroit où je suis la plus fragile. L'endroit où je me demande encore si je suis digne d'être choisie sans réserve.

Je serre le plaid autour de moi comme si je pouvais retenir les morceaux qui se fissurent.

Je voudrais pouvoir faire confiance à ce que je ressens. À cette joie simple que j'ai éprouvée. Mais la peur me chuchote que je me suis encore trompée, que je me trompe toujours.

Et c'est peut-être cela, le plus difficile à réparer : ne plus savoir si l'on mérite le bonheur quand il se présente.

On frappe à la porte.

Cette fois, je reconnais le rythme. Ce n'est pas insistant. Ce n'est pas brusque. C'est un tapotement précis, presque retenu. Une manière de frapper qui n'exige rien mais qui espère.

Je sais que c'est lui.

Mon corps le sait avant même que mon esprit ne l'admette.

Je me redresse légèrement, le cœur battant. Une partie de moi voudrait courir ouvrir, se jeter dans ses bras, demander des explications, balayer le malentendu d'un seul geste. Mais l'autre partie, celle qui a appris à se protéger, me retient.

Je n'ouvre pas.

Je reste immobile, les mains serrées sur le plaid.

J'ai peur qu'il me voie comme ça. Les yeux gonflés, le visage décomposé, la fragilité à vif. J'ai peur qu'il lise dans mes traits ce que je pense déjà de moi-même. Faible. Excessive. Ridicule.

J'ai peur qu'il me trouve folle d'avoir imaginé une trahison là où il n'y en avait peut-être pas. Ou pire, qu'il confirme ce que je redoute.

Parce que si j'ouvre cette porte, je devrai lui poser la question.

Je devrai lui dire : qui est-elle ?

Et j'ai peur de sa réponse.

Dans ma tête, elle est déjà écrite. Il me dira qu'il est en couple. Que c'est compliqué. Qu'il n'a pas voulu me faire de mal. Qu'il ne pensait pas que ça irait si loin. Qu'il s'est laissé porter. Qu'il ne voulait pas me blesser.

Je connais ces phrases.

Je les ai déjà entendues sous d'autres formes.

La peur n'est pas seulement qu'il ait quelqu'un d'autre. La peur, c'est d'avoir été encore une fois celle qu'on oublie de prévenir. Celle qu'on laisse croire. Celle qu'on laisse s'attacher pendant que la vérité est ailleurs.

Je me dis que je préfère ne pas savoir.

Parce que tant que je ne pose pas la question, il existe encore une possibilité que je me sois trompée. Tant que je garde le silence, je protège l'image de la veille, la couverture sur le rocher, la lumière du phare, ses mains autour des miennes.

Si j'ouvre la porte, je risque de voir cette image s'effondrer.

On frappe une seconde fois, un peu plus doucement encore.

Je ferme les yeux.

Je n'ose pas bouger. J'ai peur que le moindre bruit trahisse ma présence. J'ai peur qu'il entende ma respiration irrégulière, qu'il devine que je suis juste de l'autre côté.

Je ne veux pas qu'il me voie dans cet état. Je ne veux pas qu'il perçoive en moi cette panique ancienne, cette peur d'être remplacée. Je ne veux pas qu'il découvre à quel point je suis encore marquée.

Dans ma tête, la réponse est déjà donnée. Il a quelqu'un. Il m'a menti. Il m'a manipulée.

Et si ce n'est pas vrai, alors pourquoi cette scène au port me fait-elle si mal ?

Le silence s'installe à nouveau. Je n'entends plus que le vent contre les volets et mon propre cœur qui cogne trop fort.

Je reste là, figée derrière la porte, incapable d'ouvrir, incapable d'affronter ce que je crois déjà savoir.

Et je réalise que la peur de la réponse est parfois plus puissante que la réponse elle-même.

42

Le parc à huîtres est presque silencieux lorsque Elena termine de discuter avec Franck. Le travail avance bien, la marée est stable, et la matinée s'annonce sans complication. Pourtant, elle ressent ce léger tiraillement qui la pousse à vérifier quelque chose.

— Je retourne au quai, dit-elle en essuyant ses mains. Je vais voir si Julien est rentré de la pêche et l'aider à nettoyer le bateau.

Franck hausse les épaules avec un sourire amusé.

— Depuis quand tu fais du bénévolat pour ton frère ?

— Depuis toujours, répond-elle en haussant les épaules.

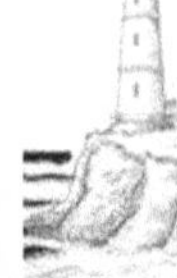

Elle enfourche son vélo et rejoint le port. Le bateau est amarré. Julien est penché sur le pont, occupé à rincer les filets. Ses gestes sont précis, mais il y a moins d'énergie que d'habitude. Il travaille comme on réfléchit, mécaniquement.

— Alors, la pêche a été bonne ? lance-t-elle en montant à bord.

Il sursaute légèrement, puis esquisse un sourire.

— Pas mal.

Elle l'observe. Il évite son regard plus longtemps qu'à l'accoutumée.

— Ça n'a pas l'air d'aller, lance-t-elle en montant à bord.

Il relève la tête brièvement.

— Si, ça va.

Mais son ton ne la convainc pas.

— Oui et bien, tu as l'air fatigué.

— Longue nuit.

Elle plisse légèrement les yeux.

— Longue nuit… ou longue réflexion ?

Julien soupire.

Elle l'observe plus attentivement. Ses épaules sont légèrement tendues, son regard évite le sien.

— C'est Clara ? demande-t-elle simplement.

Julien soupire encore et passe une main dans ses cheveux.

— Elle ne m'a pas ouvert hier soir.

Elena fronce légèrement les sourcils.

— Ah Clara... qu'est-ce qui s'est passé ? Hier, quand tu m'as annoncé que tu avais trouvé une jolie femme, tu semblais épanoui. J'étais ravie pour toi. En plus, je t'ai dit que je la connaissais aussi. On l'apprécie tous les deux, apparemment.

Julien esquisse un sourire qui ne tient pas.

— Justement. Hier tout allait bien. Et puis... plus rien.

— Elle n'était peut-être pas là, suggère Elena en haussant légèrement les épaules.

— Peut-être. Mais les volets étaient fermés. Comme si elle était partie.

Elena réfléchit quelques secondes.

— Elle a peut-être eu un empêchement. Ici, on n'a qu'un médecin, une poste, un bar et pas grand-chose d'autre. Si elle a des papiers administratifs à faire ou un rendez-vous médical, elle doit rentrer sur le continent. On ne peut pas tout régler sur l'île.

Julien ne répond pas tout de suite. Il semble hésiter entre l'inquiétude et le doute.

— Ne t'emballe pas trop vite, reprend Elena d'une voix plus douce. Ça a l'air d'être une chouette fille. Fais-moi confiance.

Elle dit cela pour le rassurer. Elle trouve la situation étrange, c'est vrai, mais pas au point d'en tirer des conclusions. Au fond d'elle, elle sent simplement que Clara porte

quelque chose de plus lourd qu'elle ne le montre. Peut-être des ennuis. Peut-être un passé compliqué.

Ils finissent de nettoyer le bateau en silence. Le vent est léger, la mer calme. Rien ne laisse présager que quelque chose se fissure ailleurs.

Elena quitte ensuite le port pour passer à la boulangerie. En entrant, elle percute légèrement un homme qui sort précipitamment.

— Oh, pardon, dit-il aussitôt en se reculant.

Elle ramasse le pain qu'il a laissé tomber et le lui tend, il la remercie avec un sourire mesuré. Il a une allure simple, presque effacée. Une voix douce, bien posée. Rien d'agressif. Rien d'insistant.

— Je suis désolé, vraiment.

— Ce n'est rien, ne vous excusez pas si vite, répond-elle.

Il la remercie et s'excuse encore.

Quelques minutes plus tard, en entrant au bar pour saluer la patronne, elle le revoit. Assis en terrasse, un verre devant lui. Il discute déjà avec deux habitués du port comme s'il les connaissait bien. Il rit, écoute attentivement, pose des questions justes. Son attitude est chaleureuse, presque timide, mais maîtrisée.

Elena ralentit légèrement le pas.

Elle n'aime pas les coïncidences.

L'homme sort son téléphone et montre une photo à la patronne du bar.

— Vous n'auriez pas vu cette femme ? demande-t-il avec un sourire presque inquiet.

Elena reconnaît immédiatement le visage.

Clara.

Elle s'approche sans brusquerie.

— Vous cherchez quelqu'un ? demande-t-elle calmement.

L'homme se tourne vers elle, sourire poli.

— Oui. Une femme de trente-trois ans.

Il marque une pause, comme s'il pesait ses mots.

— Je la recherche.

Le mot tombe avec douceur.

Elena ne laisse rien paraître. Elle plisse légèrement les yeux, comme si elle évaluait simplement la situation.

— Et vous êtes détective ? demande-t-elle d'un ton presque léger.

Il rit doucement.

— Non. Juste un mari inquiet.

Autour d'eux, les habitués observent la scène avec curiosité.

Elena garde le contrôle de son visage.

— Je n'ai vu personne qui ressemble à cette femme sur l'île, dit-elle simplement.

Elle tourne la tête vers la patronne et les pêcheurs.

— Vous l'avez déjà vue, vous ?

Ils secouent la tête, un peu étonnés.

— Non, personne ici, répond l'un d'eux.

L'homme hoche la tête avec reconnaissance.

— Merci quand même.

Elena soutient son regard une seconde de plus que nécessaire.

Quelque chose ne colle pas.

Pas dans ses mots.

Dans son calme et son apparence presque comme un jeune adolescent un peu timide, un peu doux, un bon mixe qui lui rappelle elle aussi que certains hommes peuvent être des monstres et paraitres aux yeux de tous les plus fragiles et vulnérables voir même les victimes.

Et cette impression ne la quitte pas lorsqu'elle ressort du bar.

43

Le lendemain matin, la lumière filtre à travers les volets fermés. Je reste quelques minutes allongée, immobile, à fixer le plafond. La maison sent l'air renfermé. Comme moi.

Je me lève finalement et marche jusqu'aux fenêtres. Mes doigts hésitent une seconde avant d'ouvrir les volets. Le bois grince légèrement, puis la lumière envahit la pièce d'un coup, presque trop vive. La mer est là, intacte. Indifférente à mes tourments.

Rien n'a changé dehors.

Alors peut-être que je peux, moi aussi, recommencer à bouger.

Je prends une douche rapide, j'attache mes cheveux, j'enfile une robe simple. Mon reflet me paraît fragile, mais moins brisé qu'hier. Je respire profondément.

Je ne peux pas rester enfermée.

La maison m'étouffe encore, malgré la lumière que j'ai laissée entrer ce matin. Mes pensées tournent en rond, frappent les murs, reviennent me heurter.

Alors je sors sans réfléchir, sans sac, sans téléphone.

Je marche vers la plage.

Le sable est frais sous mes pieds. La mer est calme aujourd'hui, presque lisse. Le vent souffle doucement, assez pour déplacer mes cheveux sans les fouetter. Ici, personne ne parle fort. Personne ne pose de questions.

C'est ce dont j'ai besoin.

Je longe l'eau lentement, les bras croisés contre moi comme pour contenir le tumulte intérieur. Mon esprit est encore lourd. Les images de la veille s'entremêlent : le quai, le baiser, la porte que je n'ai pas ouverte, cette peur irraisonnée d'être encore celle qu'on trompe.

Je me sens ridicule d'avoir imaginé une trahison.

Je me sens coupable de ne pas avoir rompu clairement avec l'autre.

Je me sens fragile d'avoir cru si vite à quelque chose de simple.

Le bruit des vagues finit par lisser mes pensées. Chaque va-et-vient de l'eau semble emporter une couche de tension. Je m'arrête, j'observe l'horizon. La mer ne juge pas. Elle ne pose pas de questions. Elle est vaste, mouvante, mais stable dans son mouvement.

Je reste là longtemps.

Quand je décide de rentrer, ma tête est encore lourde, mais moins assourdissante. Mes pas sont plus réguliers. Je ne me sens pas forte. Juste un peu plus alignée.

J'ouvre la porte de la maison et je laisse entrer l'air salé avec moi.

Je referme doucement derrière moi.

Puis j'entends frapper.

Je me fige.

Ce n'est pas insistant. Pas brusque. Trois coups espacés, mesurés.

Mon cœur accélère aussitôt.

Je m'approche de la fenêtre, lentement, comme si chaque pas pouvait changer ce qui m'attend derrière la porte.

À travers la vitre, j'aperçois Elena.

Elle est là, debout devant la porte, un sac en toile à la main. Elle ne semble ni pressée ni contrariée. Juste décidée.

Je sens une tension remonter dans ma poitrine. Je ne m'attendais pas à ça. Pas si vite.

Une partie de moi voudrait faire semblant de ne pas être là. Encore. Se taire. Attendre qu'elle reparte.

Mais je ne peux pas.

Pas avec elle.

Je déverrouille la porte.

Elle lève les yeux vers moi immédiatement.

Son regard est doux. Attentif. Elle m'observe sans insistance, mais elle voit que quelque chose a bougé en moi.

— Je peux entrer ? demande-t-elle simplement.

Sa voix ne force rien. Elle propose.

Je hoche la tête.

Cette fois, je n'évite pas.

44

Elena entre dans la maison avec discrétion, refermant doucement la porte derrière elle. Son regard balaie la pièce avant de se poser sur moi. Je vois immédiatement qu'elle remarque les détails que je tente d'ignorer : mes yeux encore

gonflés, mes épaules voûtées, cette fatigue qui semble plus profonde qu'un simple manque de sommeil.

Elle ne dit rien tout de suite.

— Comment tu te sens ? demande-t-elle enfin, d'une voix calme.

Je hausse légèrement les épaules.

— Ça va.

Le mensonge est trop rapide, trop léger pour être crédible.

Elle m'observe quelques secondes, puis pose son sac sur la table.

— Assieds-toi. Je vais te préparer un thé. Un vrai. Celui qui réchauffe de l'intérieur.

Je n'ai pas la force de protester. Je m'installe à la table pendant qu'elle circule dans la cuisine avec une aisance simple, presque rassurante. Le bruit de l'eau qui chauffe, le parfum des plantes qu'elle sort d'un petit sachet en toile… tout cela me ramène à quelque chose de normal.

Elle dépose la tasse devant moi et s'assied en face.

— Tu es sûre que ça va ? reprend-elle, un peu plus doucement. Un homme, peut-être ?

Son regard est attentif, mais sans jugement. Elle a remarqué que je frissonne encore légèrement, comme si j'avais froid malgré la chaleur de la pièce.

Je fixe la vapeur qui monte de la tasse.

— J'ai rencontré quelqu'un, dis-je enfin. Mais je crois qu'il n'est pas aussi honnête que je le pensais.

Elena lève légèrement les sourcils, sans m'interrompre.

— Je t'écoute.

Je sens mes joues chauffer de honte.

— C'est idiot... mais j'ai eu une relation avec un homme qui s'appelle Julien.

Le silence se tend d'un fil invisible.

— Et je vous ai vus, toi et lui, au port. Vous vous êtes embrassés. Vous étiez dans les bras l'un de l'autre.

Ma voix tremble malgré moi.

— Je crois que... j'ai couché avec ton mari.

Je me recule légèrement sur ma chaise, incapable de soutenir son regard.

Un éclat de rire bref échappe à Elena. Pas moqueur. Surpris. Elle se retient aussitôt en voyant mon visage.

Elle comprend.

Elle comprend l'ampleur du malentendu. Mais surtout, elle voit l'ampleur de ma panique.

Son expression change. Elle devient plus grave. Plus attentive.

Elle prend une seconde pour réfléchir, puis attrape doucement ma main.

— Je sais que Julien et moi n'avons qu'un an d'écart. On nous prend parfois pour un couple quand on est ailleurs. Pas ici, mais oui... ça peut prêter à confusion.

Je relève les yeux, incertaine.

— Clara... Julien est mon petit frère. Pas mon mari.

Le mot tombe avec une simplicité désarmante.

Je reste immobile.

Petit frère.

Les pièces du puzzle s'assemblent d'un coup. Les ressemblances, les expressions communes, cette complicité naturelle. Mon cœur se serre, mais d'une autre manière cette fois.

— On travaille ensemble depuis toujours, poursuit-elle calmement. Et je crois qu'il tient beaucoup à toi.

Je déglutis.

— Il m'a parlé de toi. Hier. Il était heureux, Clara. Vraiment heureux. Il comptait te le dire plus clairement.

Elle marque une pause.

— Mais tu n'as pas ouvert.

La honte me traverse comme une vague froide.

— Il est inquiet, tu sais.

Je baisse les yeux vers ma tasse.

Elena ne retire pas sa main. Elle ne me presse pas.

— Tu t'es enfermée très vite, dit-elle doucement. Comme si tu avais déjà vécu ça... bien plus fort que ce que tu as vu.

Je sens mes yeux se remplir malgré moi.

Elle ne me demande rien de plus. Elle ne cherche pas à forcer une confidence.

— Ce que tu as ressenti est compréhensible, Clara. Quand on a été blessée, on anticipe la chute avant même qu'elle n'arrive.

Sa voix est ferme, mais pleine de douceur.

— Mais ce n'était pas une trahison.

Le silence qui suit n'est plus oppressant. Il est fragile.

Je reste figée quelques secondes, les mots encore suspendus dans l'air.

Petit frère.

Je fixe Elena comme si elle venait de changer de visage sous mes yeux.

— C'est vraiment ton frère ?

Ma voix est presque enfantine. Incrédule.

Elle hoche la tête avec un petit sourire attendri.

— Oui. Malheureusement pour lui, je suis l'aînée.

Un souffle nerveux m'échappe. Puis une chaleur me monte au visage.

Je passe une main dans mes cheveux.

— Je me sens ridicule… je me sens si stupide, Elena.

Elle secoue doucement la tête.

— Non. Tu t'es protégée. Ce n'est pas la même chose.

Je baisse les yeux.

— Je l'aime beaucoup... enfin... je crois. Je me sens bien avec lui. C'est simple. C'est... différent.

Je cherche mes mots.

— Mais j'ai encore des choses à régler avant.

Elena me regarde plus attentivement.

— Ton mari ?

Le mot me percute.

Je relève la tête d'un coup.

— Comment tu sais ça ?

Ma respiration s'accélère.

— Je ne l'ai dit à personne.

Son regard devient plus sérieux.

— Il est ici. Sur l'île.

Le monde bascule soudainement.

Je sens le sang quitter mon visage. Mes mains deviennent froides. La pièce semble rétrécir autour de moi.

45

— Il est passé au bar hier. Il montrait une photo de toi. Il dit être ton mari.

Le mot *mari* ne résonne pas. Il cogne. Il frappe à l'intérieur de moi comme une pierre lancée contre une vitre. Pendant une seconde, j'ai l'impression que la mer vient de s'engouffrer dans la maison. Le bruit est sourd, intérieur. Ma vision se brouille légèrement, mes doigts deviennent glacés, et l'air semble se retirer de la pièce.

Il m'a trouvée.

Je me lève trop vite. La chaise grince derrière moi, un son aigu qui me traverse les tempes. Le sol tangue, mes jambes cèdent presque. Elena me rattrape par les épaules avant que je ne m'effondre.

— Clara... respire.

Mais ma poitrine est verrouillée. Chaque inspiration accroche. L'air refuse de descendre.

Je commence à lâcher une partie de ce que je ressens et j'ai vécu :

— Je le revois au pied du lit, un après-midi d'été étouffant. Il faisait trente-neuf degrés dehors et pourtant je tremblais sous deux grosses couettes. Mon corps grelottait malgré la chaleur, mes dents claquaient. Je lui ai dit d'appeler les pompiers. J'étais persuadée que quelque chose n'allait pas. Je prenais trop de médicaments pour les migraines, je le savais. Je lui ai dit que je n'étais pas bien. Que ce n'était pas normal. Il me regardait, debout, calme. Il disait que j'exagérais. Que ça allait passer. Que je devais me calmer. Je l'ai supplié. Il n'a pas appelé.

Je me laisse retomber sur la chaise. Les larmes montent sans prévenir, lourdes et brûlantes.

— Est-ce qu'il t'a déjà fait du mal ? demande Elena, la voix plus grave. Physiquement ?

Je secoue la tête.

— Non. C'est justement ça. Il ne frappe pas. Il ne crie pas. Il ne menace pas. Il insinue. Il doute. Il retourne.

Je cherche mes mots comme on cherche une issue dans le brouillard.

— Un jour, je l'ai accompagné récupérer un chèque à son travail. Dans la salle d'attente, une femme l'a salué. Il a fait semblant de ne pas la voir. Je voyais pourtant à son regard qu'elle le connaissait. Quand la porte du bureau s'est ouverte, son mari est sorti, et elle a dit tout haut : "Patrice fait semblant de ne pas me connaître." Elle a ajouté qu'il était un menteur. Un manipulateur.

Sa version, à lui, était simple : elle était folle. Menteuse. Jalouse.

C'était toujours ainsi. Toujours les autres. Toujours le monde entier contre lui. Et à force d'entendre que les autres mentaient, que les autres exagéraient, que les autres inventaient... j'ai commencé à me demander si le problème, c'était moi.

Même dans les magasins, il suffisait qu'une femme le regarde un peu trop longtemps pour qu'il lui rende un sourire appuyé. Si je lui faisais la remarque, il me disait que j'étais jalouse. Paranoïaque. Que je faisais des scènes. Un jour, je suis allée voir une vendeuse. Elle m'a dit doucement :

“ Ce n'est pas moi. C'est lui.”

Elle m'a même montré son alliance.

Et malgré ça... c'était encore moi la folle.

Petit à petit, tout s'est déplacé. Il disait ne connaître personne au travail. Aucun prénom. Aucun visage. Puis un jour, il a parlé d'un collègue. Quand je me suis étonnée, il m'a juré qu'il m'en parlait depuis des mois. Que je n'écoutais rien. Que je ne m'intéressais pas à lui. J'ai commencé à douter de ma mémoire. De ma perception. De moi.

Il m'a convaincue d'arrêter de travailler. Il disait que la pression me détruisait, que je n'étais pas faite pour ça. Que lui pouvait tout gérer. Au début, ça ressemblait à de la protection. Puis je me suis retrouvée seule, enfermée dans des journées vides, sans collègues, sans discussions, sans miroir extérieur pour me rappeler que j'étais encore quelqu'un.

Je ne me regardais même plus dans le miroir. Les mots de ma mère remontaient : moche, bonne à rien, dinde. Lui ne me disait jamais que j'étais belle. Jamais que j'étais bien. Il suffisait qu'on sorte pour qu'il semble revivre sous les regards des autres femmes. Comme s'il avait besoin d'être admiré. Et moi, je devenais transparente.

À force, j'étais fatiguée. Fatiguée de me défendre. Fatiguée de vivre en me demandant ce que les autres pensaient de moi. Fatiguée d'être celle qui gâche tout, celle qui empêche monsieur de vivre. Il pleurait devant les autres, parlait d'amour, de souffrance. On le croyait. Et moi, j'avais l'air dure.

Je suis partie parce que je ne respirais plus. Pas parce qu'il m'a frappée. Parce que je me sentais disparaître.

Et maintenant il est là. Sur cette île. Comme si même la distance ne m'appartenait pas.

Elena glisse ses mains autour des miennes. Elles sont chaudes, solides, ancrées.

Je relève les yeux vers elle.

— Avec Julien... je me sentais normale. Pas trop. Pas assez. Juste moi.

Un silence s'installe, plus doux.

— Mais je n'ai pas rompu officiellement. Je suis partie sans fermer la porte.

Elena ne me presse pas. Elle ne m'accuse pas. Elle reste simplement là.

Elena ne retire pas ses mains des miennes. Elle ne parle pas tout de suite. Son regard n'est pas choqué. Il est concentré. Comme si elle assemblait des pièces qu'elle avait déjà commencées à observer.

Elle inspire lentement.

— Clara… ce que tu me décris, ça porte un nom.

Je relève les yeux vers elle, encore tremblante.

— Ce n'est pas de l'amour maladroit. Ce n'est pas un homme “sensible”. Ce n'est pas une incompréhension de couple.

Sa voix reste douce, mais plus ferme.

— C'est de la manipulation émotionnelle. Et c'est une forme de violence.

Je déglutis.

Elle continue, sans dureté.

— Il ne frappe pas parce qu'il n'a pas besoin de frapper. Il déplace la réalité. Il te fait douter de ta mémoire. Il te fait porter la faute. Il t'isole. Il affaiblit ton autonomie. Et à la fin… tu finis par ne plus te faire confiance.

Je sens mon cœur battre plus fort.

— Quand quelqu'un te pousse à douter de ce que tu as vu, de ce que tu as entendu, de ce que tu ressens… ça s'appelle du gaslighting. Et quand en plus il se présente aux autres comme la victime… ça devient du gaslighting social.

Le mot me heurte presque autant que *mari* tout à l'heure.

Elena serre légèrement mes mains.

— Ce n'est pas toi qui es folle. C'est le cadre qu'il a construit autour de toi qui est tordu.

Je baisse les yeux.

— Il pleure devant les autres, dis-je faiblement.

— Oui. Parce que l'image est son outil. Un manipulateur discret ne cherche pas à dominer par la force. Il domine par la perception. Il doit être celui qu'on plaint. Celui qu'on admire. Celui qu'on croit.

Elle marque une pause.

— Et pendant ce temps-là, toi, tu t'effaces.

Un silence s'installe, plus dense, mais moins étouffant.

— L'isolement que tu décris... ce n'est pas un hasard. Quand on coupe quelqu'un de son travail, de ses collègues, de ses repères, on réduit les miroirs extérieurs. Et sans miroirs... on finit par croire la seule voix qu'on entend.

Ma gorge se serre.

— Je pensais devenir dépressive toute seule.

— Non, Clara. On peut pousser quelqu'un vers la dépression sans jamais lever la main. À force de doute, de culpabilité, de solitude... l'esprit s'épuise. Certaines femmes finissent même par croire que disparaître serait plus simple que continuer à douter.

Elle ne me quitte pas des yeux.

— Ce n'est pas parce qu'il ne t'a pas frappée que ce n'est pas grave.

Je sens quelque chose se fissurer en moi. Pas une douleur. Plutôt une compréhension.

— Rien de ce que tu viens de me raconter n'est de ta faute. Rien.

Sa voix ne tremble pas.

— On ne manipule pas quelqu'un de fort en le brisant d'un coup. On le fait en douceur. Lentement. En donnant l'impression que c'est lui qui se trompe.

Je ferme les yeux une seconde.

— Alors je ne suis pas folle ?

Elena esquisse un sourire triste.

— Non. Tu es sortie d'un système qui t'a fait croire que tu l'étais.

Les mots d'Elena restent suspendus dans l'air. Ils résonnent encore en moi, mais au lieu de me rassurer complètement, ils soulèvent autre chose. Une peur plus ancienne. Plus sombre.

Je déglutis.

— J'ai déjà pensé que le plus simple... ce serait d'arrêter.

Ma voix est basse. Presque étranglée.

Elena ne me coupe pas.

— Pas parce que je voulais mourir, dis-je en cherchant mes mots. Mais parce que je ne voyais plus d'issue. Parce que je ne

savais plus comment prouver ce que je vivais.

Je fixe un point invisible devant moi.

— J'ai essayé de demander de l'aide. Des assistantes sociales. Des rendez-vous. Des explications. Je racontais. Je décrivais. Je pleurais.

Ma respiration devient plus courte.

— Et lui... il pleurait aussi.

Je relève les yeux vers Elena.

— Il disait qu'il m'aimait. Qu'il ferait n'importe quoi pour moi. Qu'il était perdu. Qu'il avait peur de me perdre.

Un rire amer m'échappe.

— On m'a dit qu'il m'aimait. Qu'il semblait sincère. Qu'il fallait réfléchir avant de tout casser.

Je serre mes doigts contre mes paumes.

— À ce moment-là, j'ai compris que je n'arriverais jamais à expliquer ce que je vivais. Parce qu'on juge ce qu'on voit. Pas ce qu'on ressent. Pas ce qui se passe quand la porte se referme.

Les larmes remontent, mais cette fois elles sont plus calmes.

— Je me suis dit que si même le système pensait que j'exagérais... alors peut-être que c'était vrai. Peut-être que j'étais le problème.

Un silence pesant s'installe.

— C'est là que j'ai commencé à me demander si disparaître ne serait pas plus simple que continuer à me défendre.

Les mots sortent enfin, sans cris, sans théâtre. Juste nus.

— Pas parce qu'il m'avait frappée. Mais parce que je ne me reconnaissais plus. Je n'avais plus confiance en rien. Ni en moi. Ni en les autres. Ni en la justice. Ni en l'aide.

Je secoue la tête lentement.

— J'ai baissé les bras.

Elena se rapproche légèrement.

— Ce que tu décris, Clara, ce n'est pas une faiblesse. C'est l'épuisement après une guerre invisible.

Je respire difficilement.

— Et maintenant qu'il est ici… j'ai peur de retomber dedans. Peur qu'il recommence à pleurer. À s'excuser. À promettre. Peur de me laisser convaincre encore une fois.

Ma voix devient plus fragile.

— J'ai peur d'être celle qui cède. Encore. Juste par ce qu'il sait convaincre son monde et même sa famille, n'importe ! qui et me faire croire que c'est encore moi le problème. Je suis piégée, j'ai honte.

Elena pose une main ferme sur mon avant-bras.

— La différence, Clara, c'est que cette fois tu sais. Tu as mis des mots. Tu vois le mécanisme. On ne retombe jamais exactement de la même manière quand on a compris la structure du piège.

Je la regarde, incertaine.

— Mais la peur est normale. Elle ne veut pas dire que tu vas replonger. Elle veut dire que tu mesures le danger. Et moi sache une chose, je ne juge pas. Je ne critique pas. Mais la méfiance, ça j'ai. Je ne suis pas étonnée de ce que tu me dis. J'ai vu son visage, j'ai vu sa tête et c'est écrit en lettres capitales sur son front.

« DOUX MANIPULATEUR. »

Le silence s'installe après mes mots. Il n'est plus étouffant. Il est fragile. Comme quelque chose qui pourrait se casser si l'on parle trop vite.

Elena ne retire pas sa main.

Elle m'observe un instant, puis son regard se radoucit.

— Tu ne devrais pas rester seule ce soir.

Sa voix n'a rien d'autoritaire. C'est une évidence simple, posée avec bonté.

— Viens dîner à la maison. Et dors chez nous. Ça te fera du bien de ne pas entendre tes propres pensées tourner en boucle.

Je la regarde, surprise par la simplicité de la proposition.

— Je ne veux pas m'imposer...

Elle esquisse un sourire.

— Tu ne t'imposes pas. Tu respires. C'est différent.

Elle marque une pause, puis ajoute plus doucement :

— Julien sera là ce soir.

Mon cœur se serre légèrement.

Elena incline la tête.

— Dis-lui la vérité.

Je baisse les yeux.

— Je ne sais pas si je peux.

— Il peut encaisser, Clara. Il tient à toi. Je l'ai vu. Et je le connais. C'est peut-être mon frère, mais je ne le protège pas à l'aveugle. Il a déjà traversé des périodes difficiles. Il sait ce que c'est que d'être trahi, de douter, de tomber.

Elle se rapproche un peu.

— Il ne va pas te juger. Il ne va pas te faire payer ton passé. Si tu lui dis que ton mari est ici, il ne va pas s'effondrer. Il va chercher comment t'aider.

Je reste silencieuse.

La peur est encore là. Mais elle n'a plus la même forme. Elle ne me paralyse plus complètement.

— Tu n'es plus seule, Clara, poursuit Elena. Tu n'es plus dans une maison où ta parole est retournée contre toi. Ici, si tu dis quelque chose, on l'écoute.

Ses mots me traversent lentement.

Je n'ai pas l'habitude qu'on me dise “on”. Un “on” qui inclut.

Je respire plus profondément.

— Et si ça change tout ? murmuré-je.

Elena sourit, sans ironie.

— Alors ça changera tout. Mais au moins, ce sera basé sur la vérité. Pas sur la peur.

Elle se lève doucement.

— Allez. Tu prends un pull. On ne te laisse pas seule ce soir.

Je reste assise une seconde de plus. Puis je me lève.

Ce n'est pas du courage. Pas encore.

C'est juste un pas.

46

La maison d'Elena est plus grande que je ne l'imaginais. De l'extérieur, elle paraît simple, presque discrète, mais une fois la porte franchie, l'espace s'ouvre largement. Le rez-de-chaussée est baigné d'une lumière douce, filtrée par de grandes fenêtres qui donnent sur la mer. Le parquet ancien craque légèrement sous les pas. Il y a des plantes près des vitres, des cartes marines encadrées aux murs, une grande table en bois massif au centre de la pièce. Rien n'est figé. Rien n'est rigide. La maison respire la vie.

Elena pose ses clés dans un grand bol en céramique et se tourne vers moi avec une évidence tranquille.

— La chambre d'amis est à l'étage. Je vais préparer les draps.

Elle monte l'escalier d'un pas sûr. Je reste un instant en bas, observant les lieux. L'escalier débouche sur un palier ouvert qui surplombe légèrement le salon. À l'étage, la chambre d'amis donne sur la mer. Lorsque je m'approche de la fenêtre, j'aperçois la ligne sombre de l'horizon. La pièce est claire, simple, accueillante. Un grand lit, une commode ancienne, une couverture épaisse soigneusement pliée au bout du matelas.

Je redescends pendant qu'Elena termine d'aérer la pièce et de disposer les oreillers.

La porte d'entrée s'ouvre brusquement, laissant entrer une bouffée d'air humide.

Julien apparaît sur le seuil, encore marqué par le vent du large. Il retire sa veste et s'arrête net en me voyant au milieu du salon. La surprise traverse son regard.

— Clara ?

Il allait ajouter quelque chose, sans doute me demander où j'étais passée, mais Elena descend l'escalier au même moment et coupe court à l'instant.

— Parfait, tu es là. Julien, tu vas aider Clara à préparer le dîner pendant que je mets la table.

Son ton est naturel, presque amusé, mais il ne laisse pas place à la discussion. Julien acquiesce sans protester. Il me lance un

regard interrogatif, mais respectueux. Il ne me presse pas.

Elena se dirige vers la grande table et commence à disposer les verres et les couverts avec une efficacité tranquille.

— Et toi, où est-ce que tu étais passé cet après-midi ? demande-t-elle en ajustant la nappe.

Julien passe une main dans ses cheveux encore humides et nous rejoint dans la cuisine.

— Appelé en urgence. Un échouage sur l'île voisine.

Il sort des légumes pendant que je m'approche du plan de travail.

— Une baleine, précise-t-il. Jeune. Désorientée. On a dû coordonner avec l'équipe de sauvetage et surveiller sa respiration jusqu'à ce que la marée remonte.

Je m'arrête un instant, fascinée malgré moi.

— Une baleine ?

Il esquisse un léger sourire en voyant mon expression.

— Oui. Elle était affaiblie. On a réussi à la remettre en mouvement. Ce genre de moment... ça remet les choses en perspective.

Derrière nous, Elena intervient pour compléter un détail, rappeler la force du courant ou la difficulté de la coordination.

Ils échangent naturellement, se coupent parfois, mais sans agressivité. Il y a entre eux une fluidité que je découvre avec une pointe d'étonnement.

Julien rince les légumes pendant que je coupe les herbes. Nos gestes se croisent sans se heurter. La cuisine est assez vaste pour que nous ayons de l'espace, mais je sens malgré tout sa présence, attentive, discrète.

Elena circule entre la table et la cuisine, plaisantant sur son retard du matin, sur son café oublié dans la cabine. Julien accepte la remarque avec un sourire tranquille. Il ne se défend pas. Il ne pique pas. Il ne rabaisse pas.

Je les observe sans qu'ils s'en rendent compte.

Ce que je vois n'est pas seulement une fratrie unie. C'est une manière d'être en relation. Une façon simple de parler, de travailler ensemble, de se taquiner sans blesser. Ils savent écouter. Ils savent répondre. Ils savent se taire sans tension.

Je comprends alors que ce que j'ai cherché toute ma vie n'était peut-être pas quelque chose d'extraordinaire ou de spectaculaire.

C'était cela.

Une complicité sincère. Une famille qui se respecte. Un endroit où la parole n'est pas une arme. Pour la première fois depuis longtemps, je ne me sens pas en trop. Je me sens accueillie.

47

Le dîner touche doucement à sa fin. Les assiettes sont presque vides, les verres à moitié remplis. La conversation s'est apaisée, laissant place à un silence confortable. Le husky s'est étendu près de la table, repu et tranquille.

Elena observe tour à tour Julien et moi avec un sourire qu'elle tente de dissimuler. Elle bâille sans retenue et se lève en récupérant son verre.

— Bon, je vais vous laisser batifoler tranquillement, dit-elle avec une pointe d'humour dans la voix. Mais vous me rangez la cuisine avant d'aller dormir, je vous connais.

Julien lève les yeux au ciel.

— Merci pour la confiance.

— Toujours, répond-elle en lui tapotant l'épaule.

Elle disparaît dans l'escalier, laissant derrière elle un silence plus dense, presque fragile. Les bruits de ses pas s'estompent à l'étage. La maison devient plus intime.

Julien reste un instant immobile, les mains posées sur le dossier d'une chaise. Je sens qu'il attend ce moment depuis le début de la soirée. Il respire profondément avant de me regarder.

Son expression change légèrement. Moins légère. Plus directe.

— Où est-ce que tu étais passée ?

Sa voix n'est pas agressive, mais elle est tendue.

Je soutiens son regard sans savoir quoi répondre immédiatement.

— Je suis passé chez toi. Les volets étaient fermés. J'ai cru que tu étais partie. Sans prévenir. J'ai cru que tu avais mis fin à tes vacances… ou à nous.

Il passe une main dans ses cheveux, visiblement agacé malgré lui.

— Je déteste qu'on me fasse miroiter quelque chose pour disparaître ensuite.

Le ton est un peu plus sec. Pas dur. Mais ferme.

Je me raidis aussitôt. Mon corps réagit avant ma tête. Je ne suis pas habituée à cette franchise sans détour. Elle me surprend.

— Je n'ai rien fait miroiter, dis-je, un peu sur la défensive.

Le silence retombe une seconde.

Je baisse les yeux.

— J'étais au marché.

Il attend.

— Je t'ai vu… avec Elena.

Je relève le regard, plus fragile.

— Vous vous êtes embrassés. De loin, je n'ai pas très bien vu. J'ai cru que c'était ta femme.

Un bref silence.

Puis, contre toute attente, Julien laisse échapper un rire court, presque incrédule. Il secoue la tête.

— Ma femme ?

Il s'approche légèrement.

— Clara... Elena est ma sœur.

Il me regarde avec une douceur nouvelle.

— Je ne suis pas le genre d'homme à jouer sur deux tableaux. Je n'ai ni le temps ni l'envie de faire ça.

Son ton se fait plus calme.

— Quand je m'engage, je m'engage pour de vrai. Je n'aime pas les demi-mesures. Je n'aime pas les jeux. J'aime la sincérité. Pas seulement ce qu'on montre en surface.

Je l'observe attentivement. Je cherche la faille. Le tremblement. Le sous-entendu.

Il n'y en a pas.

— Si j'avais quelqu'un dans ma vie, je te l'aurais dit. Je ne t'aurais pas embrassée. Je ne t'aurais pas regardée comme je le fais.

Son regard se fait plus franc.

— Et si j'ai été agacé ce soir, c'est parce que je croyais que tu étais partie sans un mot. Pas parce que je me sentais pris en faute.

Je sens ma tension se relâcher légèrement.

Je n'ai pas l'habitude d'une colère qui s'explique.

Je n'ai pas l'habitude d'un agacement qui ne cherche pas à me rabaisser.

Julien soupire doucement.

— Je ne suis pas parfait, Clara. Je peux être têtu, très borné. Mais je ne manipule pas les gens que j'aime !

Le mot tombe naturellement.

Il ne le retire pas. Je le regarde, encore un peu bouleversée par la simplicité de cette phrase. La cuisine est silencieuse autour de nous. La lumière est chaude.

Et pour la première fois depuis longtemps, une discussion difficile ne me laisse pas écrasée. Elle me laisse… éclairée.

48

Julien est resté près de la fenêtre, le regard tourné vers l'extérieur. La nuit est tombée depuis un moment déjà. Les lumières du port se reflètent faiblement sur les vitres. Son dos est droit, mais je sens la tension qui l'habite encore, comme un fil trop tendu qui n'a pas encore cédé.

Je reste immobile quelques secondes derrière lui. J'ai peur de faire un pas de trop. Peur de briser quelque chose qui vient à peine de se stabiliser. Mon cœur bat trop fort dans ma poitrine, et pourtant je sais que rester ainsi, sans rien faire, me ferait encore plus mal.

Alors je m'avance doucement.

Je pose ma tête contre son dos, avec précaution, comme si je pouvais encore reculer. Mes bras s'enroulent autour de sa taille, timidement, sans le serrer tout de suite. Juste assez pour qu'il me sente là.

Je le sens inspirer plus profondément. Ses épaules se relâchent légèrement sous mon front. Il ne bouge pas tout de suite. Il ne se dégage pas non plus.

Puis il pose sa main sur les miennes.

Il se retourne lentement. Son regard est fatigué, mais il n'est pas froid. Il est simplement chargé de choses qu'il n'a pas encore posées.

— Je t'apprécie beaucoup, dit-il enfin. Vraiment.

Sa voix est basse, posée.

— Je tiens à toi. Mais ce soir… j'ai besoin de me reposer.

Je hoche la tête, même si quelque chose se serre dans mon ventre. Je comprends. Je crois que je comprends. Et pourtant, le poids revient, sourd, familier.

Nous rangeons la cuisine presque en silence. Les gestes sont simples, mécaniques. Je lave, il essuie. Nos mains se croisent parfois, mais il n'y a plus cette légèreté d'avant. Seulement une présence calme, un peu lourde.

Quand tout est terminé, il m'accompagne jusqu'à la chambre d'amis. La lumière du couloir est douce. Il s'arrête sur le seuil, me regarde longuement. Son regard est différent cette fois. Plus tendre. Plus chargé aussi. Comme s'il devait lutter contre l'envie de me prendre dans ses bras, de rester là.

Je le sens hésiter.

Il s'approche, m'embrasse doucement. Pas un baiser pressé. Pas un baiser de promesse non plus. Juste un baiser sincère, posé.

— Bonne nuit, Clara.

Je sens ma gorge se nouer.

— Julien... je suis désolée, dis-je d'une voix tremblante, presque inaudible.

Il ne se retourne pas tout de suite. Sa main reste un instant sur la poignée de la porte. Puis il répond, sans me regarder, doucement.

— Bonne nuit.

La porte se referme lentement.

Je reste seule dans la chambre, debout, le cœur lourd, mais étrangement consciente d'une chose nouvelle : cette distance-là n'est pas une punition.

C'est une limite.

Et pour la première fois, elle ne me détruit pas, car à ce moment précis je le comprends.

49

Le lendemain matin, je suis réveillée par des bruits d'activité au rez-de-chaussée. Des pas rapides, des portes qui s'ouvrent et se referment, le cliquetis des tasses, l'odeur du café fraîchement moulu qui monte jusqu'à l'étage. La maison est déjà en mouvement.

Lorsque je descends les escaliers encore en pyjama, les cheveux en bataille, je découvre Elena et Julien en pleine chorégraphie matinale. Ils s'entrecroisent sans se gêner, chacun connaissant sa place. Elena verse le café pendant que Julien ouvre le frigo. Il attrape une gaufre sur le plan de travail, encore tiède, et en croque un morceau avant même de s'asseoir.

Je m'arrête en bas des marches.

— Qu'est-ce qu'il se passe ?

Julien lève les yeux vers moi… et reste figé une seconde.

Je porte un pyjama vert pomme éclatant, couvert de petites grenouilles dessinées avec un sérieux enfantin. Il cligne des yeux, la bouche encore pleine.

— Waouh… ah ouais. Sympa, cette couleur.

Il mastique difficilement, un sourire déjà accroché aux lèvres.

Elena se retourne, observe la scène, puis arrache sans prévenir un morceau de la gaufre qui déborde encore de la bouche de son frère.

— Va plutôt bosser au lieu de te moquer de Fiona ! lance-t-elle avec humour.

Julien proteste à moitié, la bouche encore occupée, tandis qu'Elena éclate de rire.

Je reste immobile quelques secondes, partagée entre la gêne et le sourire. Ce n'est pas une moquerie cruelle. C'est léger. Spontané. Et malgré moi, je me surprends à rire aussi.

Julien attrape sa veste, enfile ses bottes à la hâte et se dirige vers la porte. L'énergie du matin l'a déjà happé. Elena retourne à ses affaires en fredonnant.

Je reste là, mon cœur battant un peu trop vite.

Je sais que je dois parler.

Je m'avance vers la porte au moment où Julien pose la main sur la poignée. Il me regarde, surpris de me voir si près.

Il attend.

— Écoute… je voudrais qu'on recommence tout entre nous.

Les mots sortent plus fragiles que je ne l'avais imaginé.

Julien me fixe un peu plus longuement.

— Explique-toi.

Et soudain, je ne sais plus comment parler. Les phrases que j'avais préparées s'éparpillent. Ma gorge se serre. Une larme coule sans prévenir, traçant un sillon chaud sur ma joue.

Ce n'est pas du chantage. Ce n'est pas du drame. C'est juste trop sincère.

Julien se redresse face à moi. Son regard se fait plus sérieux, mais pas fermé.

— Clara... on ne va rien recommencer.

Mon cœur se fige une fraction de seconde.

Il poursuit, calmement.

— Parce que notre histoire a déjà commencé. Dans le sable, il y a plus de deux semaines.

Sa voix est posée. Stable.

— Moi, je n'efface rien. Ces moments sont à nous. Les bons comme les plus compliqués. Et s'il y a des choses à affronter, on les affrontera ensemble.

Je le regarde, déstabilisée par cette simplicité. Je n'ai pas l'habitude qu'on parle ainsi. Droit. Sans détour. Sans menace dissimulée.

Il ouvre la porte. Le vent du matin s'engouffre légèrement dans l'entrée. Je reste figée, encore imprégnée de ses mots.

La porte se referme et le silence s'installe, puis elle se rouvre brusquement.

Julien passe la tête dans l'embrasure, un sourire à peine retenu.

— J'avais oublié ça.

Il s'avance, m'embrasse avec une douceur assurée, comme une évidence, puis disparaît à nouveau vers le port.

Je reste là, immobile, le cœur battant trop fort.

Dans la cuisine, Elena a tout vu. Elle ne dit rien. Elle me regarde avec une tendresse tranquille, presque fière, comme si elle savait que son frère venait de poser quelque chose de solide.

Et pour la première fois depuis longtemps, je ne me sens pas dans l'incertitude. Je me sens choisie.

50

Le vent s'est apaisé quand nous quittons le quai. Mes bras sont lourds d'avoir travaillé, mes mains encore imprégnées de sel, mais mon esprit est plus clair que ces derniers jours. Aider Elena, déplacer les caisses, rincer le pont, sentir le poids réel des choses... tout cela m'a fait du bien. Ici, personne ne me demande d'être moins. Personne ne soupire quand je parle. Personne ne me regarde comme si j'exagérais d'exister.

Nous rentrons tranquillement chez elle. La maison est grande, chaleureuse, vivante. Rien n'y semble fragile ou sur le point de se briser. Les fenêtres laissent entrer une lumière douce de fin d'après-midi.

Elena enlève ses bottes et file dans la cuisine.

— Assieds-toi, je nous fais un chocolat chaud.

Je m'installe à la grande table en bois. J'observe les gestes simples, la casserole qu'elle pose sur le feu, l'odeur sucrée qui commence à monter. Il y a quelque chose d'apaisant dans cette routine, quelque chose que je n'ai jamais vraiment connu.

Elle pose la tasse devant moi. La chaleur me traverse les paumes.

— Alors ? demande-t-elle en s'asseyant face à moi. Cette journée ?

Je souris légèrement.

— Fatigante... mais dans le bon sens.

Je reste silencieuse un instant, puis je prends une inspiration plus profonde.

— Elena... je crois que j'ai assez profité de ta générosité. De ton aide. Je t'en suis vraiment reconnaissante. Mais je dois rentrer dans la maison que j'ai louée.

Elle relève les yeux aussitôt.

— Tu es sûre ?

Je hoche la tête.

— Oui. Je ne peux pas rester ici indéfiniment. Et... je n'ai toujours rien dit à Julien. Rien de clair. Je ne veux pas que quelque chose de beau commence sur un mensonge par omission.

Elena me fixe avec une attention calme.

— Elle est isolée la maison. Et ton mari… je ne sais pas. Il ne m'inspire pas confiance.

Je baisse les yeux vers ma tasse.

— Je sais. Mais je ne peux pas continuer à éviter les choses. Et je n'ai toujours rien dit à Julien. Rien de clair. Hier, il était contrarié et fâcher… contre moi, il s'est senti mis à l'écart. Je l'ai vu dans son regard. Et je n'ai pas su trouver les mots. Il a du caractère. Il sait ce qu'il veut. Et moi, j'ai l'impression que je me bloque dès que ça devient sérieux.

Elena m'observe longuement, sans jugement.

— Mon frère est têtu et peux paraitre intimidant. Le plus têtu de la famille après notre père.

Un sourire doux éclaire son visage.

— Ils se ressemblent comme deux gouttes d'eau. Quand ils tiennent à quelqu'un ou quelque chose, ils ne jouent pas et ils ne lâchent pas.

Je sens quelque chose se déposer en moi.

— J'ai peur qu'il pense que je lui ai caché la vérité volontairement.

— Alors explique-lui. Pas en t'excusant d'exister. Juste en disant les choses. Clara… Je crois qu'il tient à toi. Et je crois surtout qu'il préfère une vérité difficile qu'un silence confortable.

Le silence qui suit n'est pas pesant. Il est simple.

Je regarde la mousse fondre à la surface de mon chocolat.

— Je vais lui parler ce soir.

Elena incline légèrement la tête, puis porte sa tasse à ses lèvres.

— Sage décision, murmure-t-elle en me souriant doucement avant de prendre une gorgée de son chocolat.

51

Je suis dans la chambre d'amis quand j'entends la porte d'entrée s'ouvrir. Là, penchée sur le lit, en train de plier les draps et de ranger mes deux ou trois vêtements dans mon sac à dos. La voix de Julien résonne en bas.

— Elena ?

Je l'entends retirer ses bottes, poser quelque chose sur la table. Mon cœur se serre immédiatement.

— Elle est où, Clara ? demande-t-il.

— En haut, répond Elena d'un ton naturel.

Ses pas montent les escaliers. Chaque marche grince légèrement sous son poids. Mon souffle se bloque. Je n'ai pas encore eu le temps de me préparer. Pas encore trouvé les mots.

Il apparaît dans l'encadrement de la porte et me sourit.

Un sourire simple. Pas fermé. Pas distant.

Je ne sais pas quoi dire. Je reste debout, les mains encore sur la fermeture éclair de mon sac.

Il s'appuie contre le chambranle, croise les bras.

— Ça a été ta journée ?

Je hausse les épaules sans le regarder.

— Ma sœur n'a pas été trop dure avec toi ? Parce que c'est la plus têtue de la famille... Ne t'inquiète pas, je ne t'en voudrai pas si tu me l'avoues.

Je sens un sourire m'échapper malgré moi.

— Ah... je crois qu'elle t'a pris de court. Elle m'a dit que c'était toi le plus borné de la famille.

Il laisse échapper un rire léger.

— Oui, bon... tu sais comment ça se passe entre frère et sœur. Parfois c'est la guerre.

Je secoue la tête lentement, de gauche à droite.

— Si tous les frères et sœurs se comportaient comme toi et Elena... je crois que le monde serait meilleur. Les gens seraient plus doux.

Il me regarde différemment à cet instant. Plus attentif.

Il s'avance et m'embrasse tendrement, sans urgence, comme une évidence.

— Je suis désolé pour l'autre soir, murmure-t-il. Je ne voulais pas te blesser. J'avais juste besoin de réfléchir.

Je baisse les yeux.

— Je comprends. Je n'avais pas à fuir non plus. J'aurais dû te parler.

Il me fixe un instant, puis hoche la tête.

— Alors c'est derrière nous.

Il se redresse aussitôt, comme traversé par une énergie nouvelle.

— Maintenant prépare-toi, tu viens avec moi. J'ai une surprise.

Je cligne des yeux, surprise par ce changement soudain.

— Avec toi ? Où ça ?

Mais il est déjà en train de refermer mon sac et de le poser sur mon épaule.

— Allez, enfile tes bottes.

Je descends presque malgré moi, encore prise de court. J'aperçois Elena dans la cuisine. Elle me regarde, puis me fait discrètement signe que je n'ai pas le temps de parler maintenant.

Elle connaît trop bien son frère. Elle sait qu'il peut s'emballer vite quand il a pris une décision. Parfois, cette impulsivité lui joue des tours.

Moi, je sens le poids dans mon ventre revenir.

Je n'ai toujours pas parlé de Fabrice. Et Julien, lui, avance déjà.

52

Je n'ai pas vraiment le temps de comprendre où il m'emmène. Nous traversons le quai à grands pas, le vent fouettant légèrement mon visage. Julien avance avec cette énergie déterminée que je lui connais déjà. Quand il a décidé quelque chose, il ne tergiverse pas.

Nous dépassons les bateaux de pêche habituels et continuons vers un navire plus grand, plus moderne, amarré un peu à l'écart. La coque est blanche, marquée d'un logo que je n'ai jamais remarqué auparavant. Il y a du mouvement à bord. Des silhouettes en combinaison. Du matériel soigneusement rangé.

Je m'arrête.

— Julien… qu'est-ce que c'est ?

Il se tourne vers moi, un sourire presque nerveux sur les lèvres.

— Je crois qu'il est temps que tu voies une autre partie de ma vie.

Il m'aide à monter à bord. Le pont est plus large que je ne l'imaginais. Tout semble organisé, pensé, structuré. Ce n'est pas un bateau de pêche.

— Tu pensais que je ne faisais que pêcher avec Elena, dit-il doucement.

Je hoche la tête, encore confuse.

Il inspire profondément.

— Il y a quelques années, j'ai commencé à voir trop d'animaux revenir blessés. Des dauphins pris dans des filets abandonnés. Des phoques amaigris par la pollution. Des baleines échouées après avoir traversé des zones de chasse illégale. On parle beaucoup de la mer... mais on la protège mal.

Sa voix change. Elle devient plus grave. Plus engagée.

— Alors j'ai monté une association. On a investi dans ce navire, dans les hors-bord, dans du matériel médical. On travaille avec des biologistes marins, des vétérinaires, des scientifiques. On intervient quand il y a un échouage, quand un cétacé est blessé, quand une zone est contaminée.

Je le regarde, incapable de parler.

Il m'entraîne vers l'intérieur. Une pièce lumineuse s'ouvre devant moi. Un petit laboratoire parfaitement équipé. Des écrans affichent des données. Des échantillons d'eau sont analysés. Une jeune femme en blouse relève la tête et salue Julien avec respect.

— On mesure les taux de pollution, m'explique-t-il. On identifie les microplastiques, les hydrocarbures. On

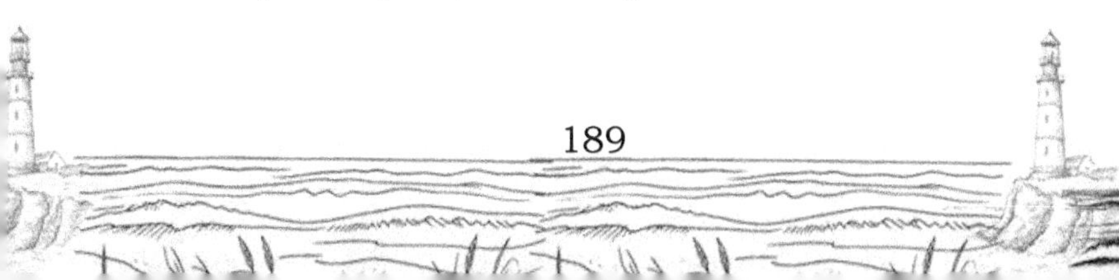

soigne quand on peut. Et quand ils vont mieux… on les relâche.

Je sens quelque chose se serrer dans ma poitrine.

Ce n'est pas spectaculaire. Ce n'est pas bruyant.

C'est utile.

Il me conduit vers l'arrière du navire où un hors-bord est prêt à partir.

— On a été appelés pour une intervention. Deux jours en mer. Rien d'extrême, mais suffisamment pour te montrer ce qu'on fait vraiment.

Il me regarde alors différemment. Moins léger. Plus vulnérable.

— Je ne t'en ai pas parlé parce que je voulais être sûr de toi avant de te montrer ça. C'est la partie la plus importante de ma vie. Je n'invite pas n'importe qui à monter ici.

Le vent se lève doucement autour de nous. L'odeur du sel est plus forte.

Je comprends soudain que cet homme ne se contente pas d'aimer. Il agit. Il protège. Il construit.

Et je réalise que je ne le connaissais qu'à moitié.

— Tu me fais confiance pour ça ? murmuré-je.

Il esquisse un sourire.

— Oui.

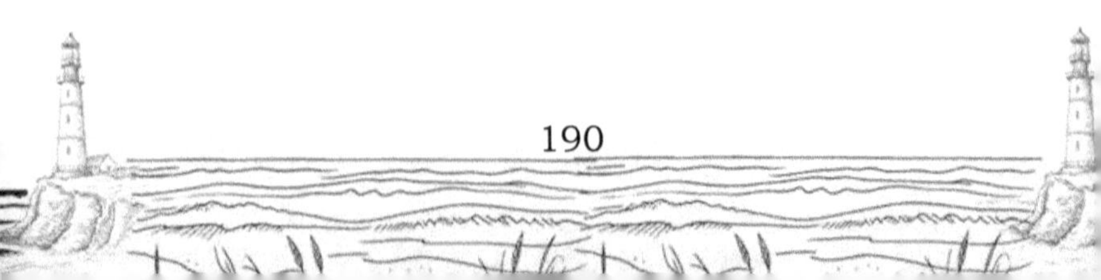

Je regarde l'horizon. La mer s'étend à perte de vue. Sauvage, imprévisible. Mais ici, sur ce navire, il y a des gens qui tentent de réparer ce qu'elle subit.

Un autre monde s'ouvre devant moi. Un monde dans lequel j'aurais voulu faire partie il y a bien des années.

Le navire quitte doucement le quai et je reste quelques secondes immobile sur le pont, les mains posées sur la rambarde. Le moteur vibre sous mes pieds, la mer s'ouvre devant nous. L'air est plus vif au large. Plus franc.

Très vite, je cesse d'être simple observatrice.

On me montre comment stabiliser une caisse de matériel, comment vérifier les sangles d'un brancard marin, comment préparer une solution saline. J'écoute, attentive. J'absorbe. Quelque chose en moi s'éveille avec une facilité troublante.

Un des techniciens parle d'un cas récent d'orques désorientées par une pollution sonore liée au trafic illégal.

— Les taux de perturbation des ondes sont catastrophiques, dit-il.

Sans réfléchir, je réponds :

— Ça modifie leur système d'écholocation. Elles perdent leurs repères migratoires. On l'avait étudié en fac... surtout sur les cétacés du nord.

Le silence se fait autour de moi.

Je réalise trop tard que je viens de parler avec assurance.

Un scientifique me regarde, surpris.

— Vous avez étudié ça ?

Je hoche légèrement la tête.

— J'étais en dernière année d'océanographie. Sciences marines.

Le mot sort avec une étrange sensation. Comme s'il appartenait à quelqu'un d'autre. Une version ancienne de moi.

Julien me fixe.

Je sens son regard avant même de le croiser. Il n'y a ni moquerie ni scepticisme. Juste une vraie surprise. Et quelque chose d'autre... de l'admiration.

— Tu n'en as jamais parlé, dit-il doucement.

Je hausse les épaules, mal à l'aise.

— J'ai arrêté.

Les souvenirs remontent malgré moi. Les amphithéâtres, l'odeur des laboratoires, les cartes océaniques étalées sur les tables. Les projets de recherche. Les nuits à réviser les courants marins et les migrations des baleines.

Et puis... Fabrice.

Je revois le campus. Notre première discussion. Il trouvait ça “impressionnant”. Il disait que j'étais brillante. Puis, peu à peu, il a commencé à suggérer que ce milieu était trop compétitif. Trop stressant. Que je me

rendais malade. Que je n'étais pas faite pour cette pression.

Je me souviens du jour où j'ai rendu mon dossier final sans l'envoyer aux universités partenaires. Il m'avait dit que ce serait plus raisonnable d'attendre. Qu'on construirait autre chose. Ensemble.

Je n'ai jamais repris.

La voix d'un membre de l'équipage me ramène au présent.

— Si vous avez étudié l'écholocation, vous pourriez nous aider sur l'analyse des signaux enregistrés la semaine dernière.

Je sens mon cœur accélérer. Pas de peur. D'élan.

— Je peux essayer, mais je ne vous promets rien. J'ai été trop longtemps dans un autre monde.

Je m'installe devant un écran. Les données défilent. Mes doigts retrouvent instinctivement certains gestes. Je pose des questions. J'en propose d'autres.

Autour de moi, les conversations deviennent plus techniques.

Personne ne me regarde comme si j'exagérais. Personne ne me corrige d'un soupir.

Julien reste à distance, appuyé contre une paroi du navire. Il m'observe.

Quand nos regards se croisent, je lis clairement dans le sien qu'il ne me voit pas seulement comme la femme fragile. Il découvre autre chose.

Quelque chose de solide.

Quelque chose qui a existé avant lui.

Pour la première fois depuis longtemps, je ne me sens pas en train de combler un vide.

Je me sens à ma place.

53

Mon téléphone vibre dans la poche de ma veste au moment précis où je m'apprête à rejoindre Julien vers le poste de navigation. Je jette un regard à l'écran, presque par réflexe.

« J'arrive. Je te ramène à la maison. »

Le message est court. Décidé.

Je sens une tension familière traverser ma poitrine, mais elle ne s'installe pas. Je laisse l'écran s'éteindre et range simplement le téléphone. Ce n'est ni le moment ni l'endroit.

Une alarme retentit brusquement sur le navire. Un son net, urgent. Les conversations cessent immédiatement. Un homme posté en hauteur au mât crie quelque chose en direction du pont, les jumelles encore collées aux yeux.

— Mammifère marin échoué, rive sud !

En quelques secondes, l'atmosphère se transforme. L'énergie devient concentrée, structurée. Personne ne s'affole, mais tout le monde s'active avec une précision impressionnante. Les combinaisons sont enfilées, le matériel vétérinaire sécurisé, les caisses sanglées. Le hors-bord est mis à l'eau. Le treuil de remorquage est préparé au cas où l'animal serait trop lourd pour être déplacé sans assistance mécanique.

Julien change lui aussi. Son visage se ferme, non par dureté, mais par concentration. Il donne des directives d'une voix claire, directe, sans hausser le ton.

Je m'approche.

— Qu'est-ce qu'il se passe ?

— Probablement un cétacé échoué. Si la marée descend trop vite, la pression de son propre poids peut l'étouffer. Il faut vérifier s'il respire encore.

— Je viens.

Il me regarde une seconde, mesure ma détermination, puis acquiesce.

— D'accord. Reste à côté de moi.

Il n'y a rien d'autoritaire dans sa voix. Juste une attention tranquille.

Nous montons dans le second hors-bord avec une partie de l'équipe. Le moteur rugit, l'eau éclabousse la coque, et nous filons vers la rive. Le vent fouette mon visage. L'adrénaline monte.

Au loin, une masse sombre se dessine sur le sable.

Quand nous approchons, je distingue le corps immense d'un jeune rorqual échoué sur le flanc. Sa peau est marquée, brillante sous le soleil. Une nageoire frémit faiblement.

— Il respire ! annonce l'un des plongeurs.

L'équipe se déploie immédiatement. On arrose le corps pour éviter le dessèchement. On vérifie la respiration, le rythme cardiaque. On creuse le sable sous la cage thoracique pour réduire la pression sur les organes internes.

Je m'agenouille instinctivement près de l'animal. La peau est tiède sous mes mains. Je vérifie la régularité du souffle, l'amplitude thoracique.

— Il faut dégager davantage le sable sous la cage thoracique, dis-je en me tournant vers un plongeur. Sinon la pression va comprimer les poumons.

Il acquiesce sans discuter.

Je participe à la mise en place des sangles de stabilisation. Les vétérinaires confirment que l'animal réagit. L'équipe coordonne la remise à l'eau avec la marée montante.

Le treuil entre en action. Le hors-bord se positionne. Lentement, le rorqual glisse vers une zone plus profonde.

Un souffle puissant jaillit de l'évent.

Un silence traverse l'équipe.

Puis le corps immense bascule dans l'eau et, après quelques secondes suspendues, la nageoire se met en mouvement.

Il nage.

Pas avec force encore, mais il nage.

Un murmure soulagé circule. Les épaules se détendent.

Je me redresse, le cœur battant.

Julien me rejoint. Son regard est différent. Plus attentif. Plus ouvert.

— Tu ne m'avais pas tout dit, murmure-t-il.

Je hausse légèrement les épaules.

— Je crois que moi non plus, je ne savais plus.

Il laisse échapper un sourire qui n'a rien de léger. Il y a du respect dedans. Et une admiration qu'il ne cherche pas à dissimuler.

Il me regarde encore une seconde, puis un sourire plus doux apparaît sur son visage.

— J'aime bien cette version-là.

Il ne dit rien de plus, mais dans son regard il y a quelque chose de clair, presque lumineux. Pas une surprise passagère. Une reconnaissance.

Autour de nous, le navire retrouve peu à peu son calme. Les membres de l'équipage rangent le matériel, sécurisent les sangles, consignent les données de l'intervention.

Les voix redeviennent basses, techniques. La mer reprend son mouvement régulier, comme si rien ne s'était passé.

Je sens encore mon téléphone vibrer dans la poche de ma veste. Une vibration insistante. Je ne le sors pas. Je n'ai pas envie de rompre ce moment-là.

Julien effleure ma main sans un mot, puis m'attire doucement vers l'intérieur du navire. Nous descendons vers sa cabine, à l'écart du pont encore animé. Il referme la porte derrière nous, laissant le bruit du moteur et du vent se faire plus lointain.

Il ne parle pas tout de suite.

Il me regarde comme s'il me découvrait autrement. Je m'approche. Il passe une main à ma taille, l'autre dans mes cheveux encore salés. Il n'y a rien de brusque dans son geste. Rien d'impatient.

Juste une proximité qui s'installe naturellement.

Nos fronts se touchent. Nos respirations se mélangent. L'adrénaline de l'intervention laisse place à une tension plus douce, plus intime. Il m'embrasse lentement, sans urgence, comme s'il voulait retenir ce moment précis.

Je sens ses doigts se resserrer légèrement dans mon dos. Il me serre contre lui. Mon téléphone vibre encore.

Je ne bouge pas.

Dans cette cabine étroite, au cœur du navire, ce ne sont plus les sirènes ni les messages qui dictent le rythme.

Seulement nos souffles, et la certitude tranquille d'être exactement là où je dois être.

On frappe à la porte.

Un coup net, urgent, qui nous tire brutalement de la chaleur étroite de la cabine.

— Julien ? On a besoin de toi, vite fait !

Il se détache de moi à regret, passe une main dans ses cheveux encore humides de sel et entrouvre la porte. La voix de l'équipier est tendue mais maîtrisée.

— Sécurité maritime. Zone protégée au nord. Ils demandent un appui.

Julien se tourne vers moi, déjà ailleurs, déjà concentré.

— Je reviens.

Je hoche la tête pendant qu'il enfile sa veste. L'instant intime se dissout dans le rythme du navire. Je me prépare rapidement, remets mes cheveux en ordre et remonte sur le pont.

L'ambiance a changé. On parle radio, coordonnées GPS, balisage. Il est question d'une zone marine protégée où un bâtiment s'est approché trop près des limites autorisées. L'équipe se réorganise. Le hors-bord est prêt à repartir.

Julien me rejoint quelques secondes.

— On doit aller sécuriser le périmètre. Ça peut prendre un moment.

Je l'écoute, puis je sens la frustration monter. Je n'ai toujours pas parlé. Les mots restent coincés quelque part entre ma poitrine et ma gorge.

— Est-ce que je peux retourner à terre ? demandé-je.

Il me regarde immédiatement, surpris.

— À terre ? Pourquoi ?

Je garde mon calme.

— J'ai des papiers à régler. Des choses urgentes. Je serai là quand vous rentrerez.

Il m'observe une seconde de plus. Il cherche peut-être un autre sens derrière ma demande, mais il ne pousse pas.

— Tu es sûre ?

— Oui.

Cette fois, je ne détourne pas les yeux.

Il finit par acquiescer.

— D'accord. On te dépose avant de repartir.

Il m'embrasse rapidement, sans méfiance, puis s'éloigne vers l'équipage.

Je reste un instant immobile face à l'horizon.

Ce que je ne lui dis pas, c'est que ces "papiers urgents" ne sont qu'une partie de la vérité.

Le hors-bord se prépare à repartir vers le nord. Les radios grésillent, les coordonnées s'échangent, les gestes se font rapides et précis. Julien m'embrasse brièvement avant de rejoindre l'équipage. Il ne doute pas. Il me fait confiance.

Je reste quelques secondes face à la mer pendant qu'on me dépose à terre. Le vent est plus frais ici. Plus frontal.

Je n'ai toujours pas trouvé le moment pour lui parler. À chaque tentative, quelque chose surgit. Une urgence. Une émotion. Une intervention. Et je refuse que cette vérité sorte au détour d'un couloir ou d'un pont agité. Il doit connaitre la vérité sur mon passé. Sur Fabrice. Je vais le contacter pour mettre fin à ce qui n'existe déjà plus que sur le papier. Définitivement. Je ne veux pas que Julien découvre cette part de ma vie par accident, ni par une rumeur, ni par une apparition brutale sur le quai. Je veux lui parler en femme libre, pas en femme encore liée. Si je dois affronter quelque chose, ce sera maintenant. Et cette fois, ce sera moi qui parlerai en premier.

Le jeu s'arrête ici.

CHAPITRE

3

54

Je traverse la petite rue pavée qui descend vers la place centrale du village. Le soleil est encore haut, la lumière accroche les façades blanches, et je sens quelque chose de léger en moi. Ce n'est pas de l'euphorie. Ce n'est pas de la fuite. C'est plus simple que ça.

Je marche droite.

Je ne regarde pas mon téléphone.

Je ne guette personne.

— Clara !

Je me retourne.

Elena traverse la rue à grandes enjambées, les mains encore tachées de sel, un sourire déjà accroché aux lèvres.

— Elena ! Ça va ?

Elle s'arrête devant moi et me dévisage longuement, presque trop longuement.

— Mais ! Wahou... je te retourne la question. Tu es... rayonnante. Je ne t'avais pas vue aussi détendue et souriante depuis ton arrivée sur l'île.

Je ris, presque surprise moi-même.

— Je n'en reviens pas non plus. J'ai vécu une journée... et une nuit incroyables en mer. C'était intense. J'avais l'impression de retrouver mes cours de la fac.

Elena cligne des yeux.

— Attends... quoi ?

Je souris encore.

— Les protocoles d'écholocation, les analyses de pollution, la stabilisation d'un rorqual échoué... tout ça, je l'ai étudié en dernière année d'océanographie.

Elle me regarde comme si je venais de lui parler en langue étrangère.

— Je te croyais avec Julien sur le navire. Où est-il ?

— En intervention au nord. Zone marine protégée. Sécurité maritime.

Elle hoche la tête, puis revient à ce qui l'intrigue vraiment.

— Et... les cours de la fac ? Tu peux m'expliquer ce que tu voulais dire ?

Je prends une inspiration.

— J'étais en dernière année d'études en sciences marines. Océanographie. Je devais poursuivre en recherche. Et puis... j'ai arrêté.

Elena ne dit rien. Elle ne comble pas le silence.

Elle me regarde autrement maintenant.

— Tu étais faite pour ça, non ?

Je souris doucement.

— Je crois que oui.

Un court silence s'installe, mais il n'est pas lourd. Il est curieux.

Elena croise les bras, amusée.

— Donc mon frère a embarqué à bord une future scientifique marine sans le savoir ?

Je hausse les épaules.

— Il découvre.

Elle me fixe encore une seconde, puis son regard devient plus attentif.

— Tu vas quelque part ?

Je soutiens son regard cette fois.

— Oui.

Elle comprend que la réponse est plus large que la question.

— Ça a un rapport avec ton mari ?

Je hoche la tête.

— Je vais régler ça.

Elle ne pose pas d'autre question.

Elle s'approche, pose brièvement sa main sur mon bras.

— Alors fais-le en sachant que tu n'es plus la femme que tu étais en arrivant ici.

Je la regarde un instant, et je sais qu'elle a raison.

55

Je rentre dans la maison que j'ai louée en bord de mer. Le silence m'accueille sans m'écraser. Je pose mon sac, ouvre les fenêtres, laisse l'air circuler. Je range quelques affaires, replie une couverture, aligne les chaussures près de la porte. Ce sont des gestes simples, mais ils ont quelque chose de rassurant. Cette maison est la mienne, pour l'instant. Elle ne m'étouffe pas.

Je m'assois ensuite sur le canapé et ouvre Instagram. Les photos de l'intervention s'affichent encore dans ma galerie : le rorqual, le laboratoire, les instruments de mesure, la mer tendue sous le vent. Je sélectionne plusieurs images. J'écris une description sans hésiter cette fois. Je parle de l'écosystème marin, de la fragilité des cétacés, de la pollution invisible, de la nécessité d'agir plutôt que de commenter. Je ne cherche pas à impressionner. Je parle avec ce que je sais.

Je publie.

Les notifications commencent à apparaître presque immédiatement. Des abonnés réagissent. Certains parlent de leurs propres souvenirs en bord de mer. D'autres posent des questions techniques. Je vois même le nom d'anciennes collègues du centre commercial où je travaillais autrefois.

L'une d'elles commente :

“ Pouf... t'as pas fini de mentir ? Sérieux, tu te prends pour une scientifique marine maintenant ? T'as jamais fait d'études. Ton mari t'offre tout et tu restes chez toi tranquille, alors n'invente pas une vie. ”

Je relis le message plusieurs fois.

Je pourrais me sentir blessée. Humiliée. Déstabilisée.

Mais je ne vacille pas.

Ces femmes n'étaient pas mes amies. Elles me connaissaient à peine. Je disais bonjour. Au revoir. Je parlais peu. Je ne me confiais jamais. Elles me regardaient de loin, commentaient mes silences, imaginaient le reste.

Elles attendaient surtout les moments où Fabrice venait me chercher à la sortie du travail.

Je revois la scène. Les portes automatiques qui s'ouvrent. Lui qui m'embrasse devant tout le monde, qui me prend par la taille, qui me sourit comme dans une publicité. Il savait exactement comment se montrer. Il savait créer l'image du compagnon attentionné. Les regards des autres femmes changeaient alors. Certaines enviaient. D'autres soupiraient.

Mais moi, je savais.

Je voyais bien qu'il jouait un rôle. Qu'il cherchait l'admiration. Il aimait sentir les regards posés sur lui. Il aimait qu'on le pense parfait.

Un jour, je l'ai surpris en train de sourire longuement à une cliente, devant moi. Une manière trop appuyée, trop insistante. Je me suis sentie humiliée. Et pour une fois, j'ai réagi.

— Ça va ? Tu veux que je lui propose directement de venir dormir dans notre lit ?

Les mots étaient sortis trop fort, trop brusquement.

Les regards s'étaient tournés vers moi.

Lui avait pris son air blessé.

Et, évidemment, j'étais devenue la jalouse. L'excessive. Celle qui fait des scènes.

Après ça, chaque sortie était un supplice. J'avais l'impression d'être observée, analysée. Comme si c'était moi le problème. Moi la difficile. Moi la femme ingrate.

Puis la fatigue est arrivée. Une fatigue lourde. Une tristesse constante. Un matin, je n'ai même plus eu la force d'aller travailler. Rien que l'idée de franchir ces portes me donnait la nausée.

Il avait alors posé sa main sur mon épaule avec douceur.

Il m'avait dit que j'étais trop sensible pour ce milieu. Que je me rendais malade inutilement. Que je n'étais pas obligée de travailler. Que son salaire suffisait largement. Que je devais penser à moi.

Et j'ai fini par accepter.

Je ferme l'application.

Je ne réponds pas au commentaire.

Je n'ai rien à prouver à celles qui n'ont vu qu'une façade.

Aujourd'hui, je sais ce que j'ai étudié. Je sais ce que je vaux. Et je sais surtout ce que j'ai laissé s'éteindre.

Cette fois, je ne me laisserai pas réduire à une version pratique de moi-même que ces gens veulent voir absolument pour se sentir meilleurs ou confirmer leur supériorité.

56

Je balance le téléphone sur le canapé comme on écarte un objet inutile. Il n'a plus de poids. Plus maintenant. J'augmente le volume de la musique, juste assez fort pour remplir l'espace, et j'attrape l'aspirateur. Le câble traîne derrière moi tandis que je commence à passer dans le salon.

Je nettoie sans méthode. Je danse presque. Je ris toute seule. Mon corps est léger, mes mouvements libres. La musique m'emporte, mes pensées aussi. Pendant quelques minutes, je n'existe que pour moi.

Puis je sens des mains sur mes hanches.

Mon cœur bondit.

Mon premier réflexe est un sourire qui monte trop vite. Je crois reconnaître le geste, la présence, cette façon de s'approcher sans bruit. Julien. Je sursaute légèrement, surprise mais pas inquiète.

Je me retourne.

Ce n'est pas lui.

Le temps se contracte brutalement. La musique continue de battre dans la pièce, absurde, déplacée. Fabrice est là. Devant moi. Trop près. Son visage est fermé, presque calme, comme s'il avait toujours eu sa place ici.

Je recule d'un pas sec.

Mon pied appuie instinctivement sur le bouton de l'aspirateur. Le moteur s'éteint dans un bruit sourd. Le silence retombe d'un coup, lourd, tendu.

Je ne détourne pas les yeux.

— Qu'est-ce que tu fais ici ? dis-je d'une voix que je reconnais à peine.

Il soupire doucement, comme s'il était fatigué de moi.

— Tu ne répondais pas. Je me suis inquiété.

Ses mots glissent sur moi sans m'atteindre. Je garde mes distances. Un mètre. Peut-être moins. Mais assez pour respirer.

— Tu n'as pas le droit d'entrer ici.

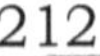

Il jette un regard autour de lui, lentement. La musique encore en pause, la fenêtre ouverte, la maison qui n'est pas la sienne.

— Tu fais n'importe quoi, Clara. Tu disparais sans prévenir. Tu postes des choses absurdes sur les réseaux. Tu te montres comme quelqu'un que tu n'es pas.

Je serre les poings.

— Je suis exactement quelqu'un que tu ne contrôles plus.

Il sourit légèrement, ce sourire que je connais trop bien. Celui qui précède toujours le doute.

— Tu vois comme tu parles ? Tu es agressive. Je suis venu pour te ramener à la maison. On va discuter calmement.

Non.

Quelque chose se verrouille en moi.

Je ne crie pas. Je ne pleure pas. Je ne m'excuse pas.

— Il n'y a plus de maison, Fabrice.

Il fronce les sourcils, surpris.

— Arrête. Tu dis ça parce que tu es fatiguée. Parce que tu te montes la tête.

Je fais un pas de côté, vers la porte, sans jamais le quitter des yeux.

— Sors.

Le mot tombe, clair. Définitif.

Il reste figé une seconde. Puis son regard change. Il comprend. Pas tout. Mais assez.

Et pour la première fois depuis longtemps, ce n'est pas moi qui recule.

Il ne sort pas.

Il reste là, planté au milieu du salon, les épaules légèrement affaissées comme si je venais de lui retirer le sol sous les pieds. Son regard change imperceptiblement. La fermeté disparaît. La mâchoire se détend. Ses yeux deviennent brillants.

Je connais cette transformation.

— Clara... je n'ai nulle part où aller.

Sa voix baisse d'un ton. Elle se casse presque. Il ne s'approche pas cette fois. Il ne me touche plus. Il choisit la distance fragile.

— Je ne connais personne ici. J'ai pris un bateau pour venir te chercher. Je n'ai pas de logement. Je ne pensais pas que tu me laisserais dehors.

Il avale sa salive. Ses yeux s'humidifient. Juste assez.

— Je ne suis pas venu pour te faire du mal. Je suis venu parce que je t'aime.

Le mot tombe. Lourd. Connu. Usé.

Je sens la colère se fissurer sous autre chose. Une vieille habitude. Une vieille programmation.

La culpabilité.

Mon esprit se divise en deux. Une partie voit la scène avec lucidité. L'autre voit un homme seul, presque vulnérable.

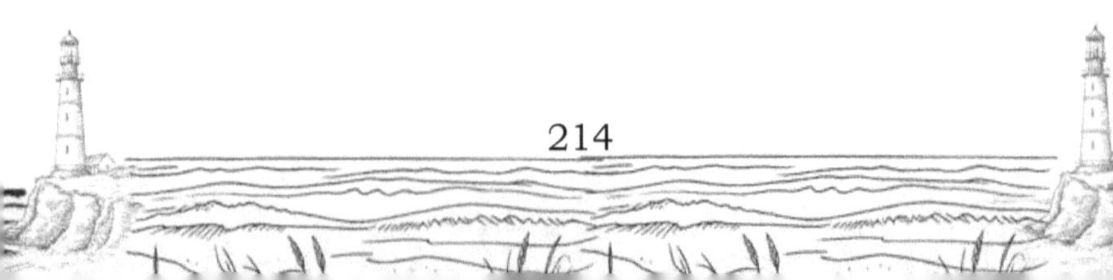

— Tu ne peux pas me laisser dormir dehors... pas ici... pas comme ça.

Il ne hausse pas le ton. Il ne supplie pas franchement. Il laisse les phrases en suspens, comme si c'était à moi de compléter le reste.

Je ferme les yeux une seconde.

Je me rappelle le lit, les couvertures, la fièvre, les tremblements, ses bras croisés au pied du lit. Je me rappelle les regards dans les magasins, les doutes, les excuses que je présentais pour des fautes qui n'étaient pas les miennes.

Et pourtant, il est là.

Humide des yeux. Fatigué en apparence. Sans logement.

— Une nuit, murmure-t-il. Juste une nuit. Demain on parle. Je te promets.

Je déteste cette partie de moi qui a pitié. Je déteste qu'il le sache. Je souffle longuement.

— D'accord.

Le mot me brûle la gorge.

Il relève la tête aussitôt, comme si la tempête venait de passer.

— Mais on met les choses au clair, dis-je avant qu'il ne puisse sourire. Ici, ce n'est pas chez toi. Ce n'est pas “notre” maison. Tu dors sur le canapé. Et demain, on parle. Vraiment.

Son visage se ferme une fraction de seconde, à peine visible. Le contrôle lui échappe un peu.

Puis il hoche la tête.

— Bien sûr. Comme tu veux.

Comme tu veux.

Je connais cette phrase. Elle signifie rarement ce qu'elle prétend.

Je m'écarte pour lui laisser le passage vers le canapé.

Il pose son sac doucement.

Trop doucement.

Comme s'il venait d'obtenir exactement ce qu'il voulait.

Et je comprends que la partie ne fait que commencer.

57

La nuit a été lourde.

Il a dormi sur le canapé, les bras croisés sur la poitrine, comme s'il occupait l'espace sans vraiment y être. Il n'a presque pas parlé. Juste quelques phrases basses, prudentes, toujours posées.

Il sait attendre.

Au matin, la lumière traverse les volets mal fermés. Je me lève avant lui. Je reste quelques minutes debout dans la cuisine, à le regarder dormir.

Ce visage paisible.

Ce visage que tout le monde trouve rassurant.

Je sens la colère monter, pas violente, mais ancienne.

Je donne un coup de pied sec dans le pied du canapé.

— Bouge-toi. On va parler.

Il ouvre les yeux lentement, comme si je l'avais tiré d'un rêve profond. Il se redresse, passe une main sur son visage.

— Tu es agressive dès le réveil ?

Je reste droite.

— Non. Je suis lucide.

Il s'assoit, silencieux. Attentif. Cette posture qu'il adopte toujours quand il veut paraître raisonnable.

— Je t'écoute.

Je sens ma poitrine se serrer, mais je ne recule pas.

— Donc c'est moi la folle ?

Il fronce légèrement les sourcils.

— De quoi tu parles ?

— C'est moi qui m'imagine les choses ? C'est moi qui invente les regards ? C'est moi qui te vois sourire aux femmes devant moi et me dire ensuite que je dramatise ?

Il soupire.

— Tu interprètes des gestes normaux.

Je ris, un rire bref, nerveux.

— Normal ? Comme entrer dans un bar, voir une femme que tu connais, et ressortir aussitôt en disant qu'on n'a besoin de rien ?

Il détourne les yeux.

— Tu montes tout en épingle.

— Ou comme ce jour dans la salle d'attente, quand une femme t'a dit bonjour et que tu as fait semblant de ne pas la connaître ?

Il serre les mâchoires.

— Elle mentait.

— Elle mentait. Son mari mentait. Tout le monde ment. Sauf toi.

Le silence s'épaissit.

— Tu te souviens quand elle a dit que tu étais un menteur et un manipulateur ?

— Elle était folle.

Je m'approche.

— Non. Moi j'étais folle, pas vrai ?

Il ouvre les mains, faussement dépassé.

— Tu fais des scènes. Tu humilies. Tu exagères.

Et voilà.

Toujours la même mécanique.

— C'est moi qui t'humilie quand je te demande si je ne te gêne pas pendant que tu souris à une autre ? C'est moi qui suis jalouse quand je vais voir cette femme dans le magasin et qu'elle me dit que ce n'est pas elle, que c'est toi ?

Je sens les années me traverser.

— Tu m'as fait passer pour instable devant tout le monde. Tu pleures devant les assistantes sociales. Tu dis que tu m'aimes.

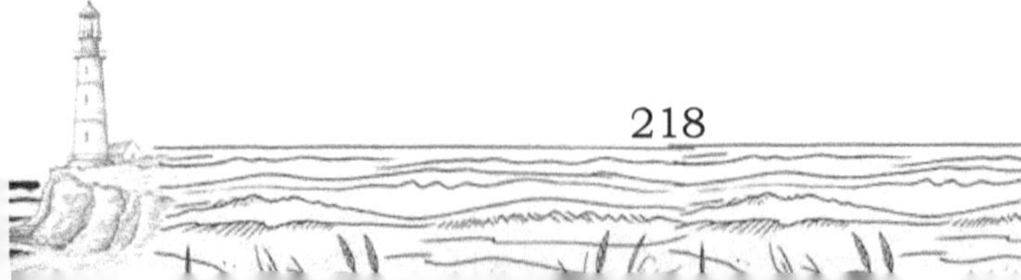

Que tu ne comprends pas. Et moi je deviens la femme ingrate.

Il baisse la voix.

— Parce que je t'aime.

— Non.

Ma voix est plus ferme que je ne l'aurais cru.

— Tu aimes l'image que tu renvoies.

Je sors la lettre de mon sac.

— Huit ans sans couverture santé. Tu le savais.

Il se crispe.

— Tu es sur moi.

— Non. Je ne l'étais plus.

Je le regarde droit dans les yeux.

— Tu te souviens quand je tremblais sous deux couettes en plein été ? Quand je te suppliais d'appeler les pompiers ? Tu m'as regardée du pied du lit. Tu as dit que ça passerait.

Le silence devient pesant.

— Je pensais mourir. Et tu ne voulais pas appeler.

Il serre les poings.

— Tu dramatises.

Je secoue la tête.

— Non. J'ouvre les yeux.

Ma respiration tremble, mais je continue.

— Tu m'as dit que travailler me rendait fragile. Que je n'étais pas faite pour la pression. Que c'était mieux que je reste à la maison. Tu as tout géré... les dettes à mon nom, les assurances impayées, les factures.

Je sens ma voix se briser.

— Tu m'as isolée. Financièrement. Socialement. Mentalement.

Il ne parle plus.

— Et pendant des années, j'ai cru que c'était moi le problème.

Je le regarde, enfin droite.

— Tu m'as poussée à la dépression. Tu m'as poussée à penser au suicide.

Il pâlit légèrement.

— Arrête avec ça.

— Non. Tu vas entendre.

Le silence change de camp.

Pour la première fois, il ne maîtrise plus la narration.

Et pour la première fois, ce n'est pas moi qui doute.

Il me regarde longtemps après ma tirade. Son visage ne s'effondre pas. Il ne crie pas. Il ajuste simplement sa posture, comme s'il changeait de stratégie.

Je respire profondément.

— Je veux divorcer.

Le mot tombe net.

Il ne cille pas.

— Et je reprends mes études. J'ai déjà commencé à me renseigner.

Je marque une pause.

— Et oui... j'ai rencontré quelqu'un.

Le silence dure une seconde de trop.

Puis il sourit.

Un sourire mince. Glacial.

— Voilà.

Il hoche la tête lentement.

— On y est enfin.

Je le fixe.

— À quoi ?

— À la vérité.

Il se lève, fait quelques pas dans la pièce.

— Tu couchais ailleurs.

Sa voix n'est pas forte. Elle est sûre d'elle.

— Ça dure depuis combien de temps ? Des années ?

Je reste immobile.

— Tu as trouvé mieux que moi, c'est ça ?

Il me regarde de haut en bas.

— Il est comment ?

Son regard devient méprisant.

— Plus musclé ? Il a des abdos, j'imagine. Pas un petit ventre comme moi.

Il tapote son propre torse avec ironie.

— Il est plus viril ? Plus impressionnant ?

Je le regarde, stupéfaite par la caricature qu'il dessine lui-même.

— Tu vois ? finit-il par dire. Tu voulais juste ça. Un homme plus fort. Plus visible.

Je secoue la tête.

— Tu n'as rien compris.

Il s'approche.

— Tu crois que je ne vais pas le voir ? Tu crois que je ne vais pas savoir qui c'est ? Je vais lui montrer qui est l'homme ici.

Sa mâchoire se tend.

Et là, quelque chose se renverse.

Je le vois.

Pas l'homme viril qu'il prétend être. Pas le protecteur.

Pas le mari dévoué.

Je vois un homme qui se mesure aux autres.

Qui se compare.

Qui imagine des muscles et des abdos comme des preuves de valeur.

Un homme qui a besoin d'écraser pour ne pas se sentir écrasé.

Je le regarde plus calmement que je ne l'aurais cru.

— Tu sais ce qui est triste ?

Il fronce les sourcils.

— Ce n'est pas qu'il soit plus musclé que toi.

Je marque une pause.

— C'est que tu penses que c'est ça, un homme.

Il reste figé.

— Tu m'as rabaissée pendant des années pour te sentir plus grand. Tu m'as fait douter pour te sentir plus sûr. Tu m'as enfermée pour te sentir indispensable.

Je sens ma voix devenir plus stable.

— Ce n'est pas lui qui me rend forte.

Je pose une main sur ma poitrine.

— C'est moi qui me relève.

Il ne répond plus.

Son arrogance vacille légèrement.

Je continue, plus douce, mais plus tranchante.

— Tu n'es pas en colère parce que je te trompe. Tu es en colère parce que tu perds le contrôle.

Le silence qui suit est lourd, il ne répond pas tout de suite.

Je vois le moment exact où quelque chose s'éteint dans son regard. Ce n'est plus la jalousie théâtrale. Ce n'est plus la colère. C'est autre chose.

Un calcul.

Il se rassoit lentement. Ses épaules se détendent.

— Très bien, dit-il simplement.

Sa voix est calme. Trop calme.

— Si c'est ce que tu veux.

Aucun éclat. Aucune supplication.

Il baisse les yeux vers la lettre que je tiens encore.

— On en reparlera.

Ce n'est pas une proposition. C'est une promesse.

Je le laisse là. Assis. Silencieux. À réfléchir.

Je prends ma veste. Je sors.

L'air marin me frappe le visage. Le vent est plus fort que ce matin. Je marche vite d'abord, comme si je fuyais encore quelque chose, puis je ralentis.

La mer est là.

Stable. Indifférente. Immense.

Je m'arrête sur le sable humide. Je respire profondément. Le sel me pique les lèvres. Les mouettes crient au loin. Je ferme les yeux un instant.

Tout ce qui me rattache à lui semble plus petit ici.

Je marche longtemps. Assez pour que mes pensées se remettent en ordre. Assez pour me souvenir que la mer ne m'a jamais quittée. Que je l'ai quittée, moi.

Je ne vois pas qu'il me suit.

Il reste loin. À distance raisonnable. Assez pour ne pas paraître menaçant. Assez pour surveiller.

Quand je rentre à la maison, le soleil décline déjà.

La porte est entrouverte.

Une odeur de nourriture chaude flotte dans l'air.

Je me fige.

Il est dans la cuisine. Debout devant les plaques. Il a retroussé ses manches. Il remue une casserole avec une concentration appliquée, comme si rien ne s'était passé.

Comme si je n'avais pas demandé le divorce.

— Tu es rentrée, dit-il sans se retourner.

Sa voix est douce. Presque familière.

Je pose mon sac lentement.

— Qu'est-ce que tu fais ?

Il se retourne enfin. Un léger sourire.

— Je cuisine. Tu aimais quand je faisais ça.

Il goûte la sauce, ajuste le sel.

— On ne va pas rester fâchés. On peut parler calmement. Dîner d'abord.

Je le regarde.

— Je t'ai demandé de partir.

Il hoche la tête.

— Oui. Et je t'ai dit qu'on en reparlerait.

Il sort deux assiettes. Les pose sur la table.

— Tu es émotive en ce moment. Tu vis beaucoup de choses. Je comprends.

Le ton est bienveillant.

Presque rassurant.

— Tu n'as pas besoin de prendre des décisions définitives dans cet état.

Je sens le froid me traverser.

Il agit comme si ma décision était un caprice.

— Fabrice. Tu dois partir.

Il me regarde enfin droit dans les yeux.

Et dans son regard, il n'y a plus de blessure.

Il y a du contrôle.

— Je n'ai pas de logement ici, Clara. Tu veux que je dorme où ? Dans ma voiture ? Après tout ce que j'ai fait pour toi ?

Il reprend calmement sa place derrière les fourneaux.

— Mange d'abord. On parlera après.

Il a déplacé le terrain, ce n'est plus un conflit. C'est une occupation.

58

Les jours suivants, il ne hausse plus la voix. Il ne cherche plus à convaincre Clara directement. Il agit autrement. Il sort tôt le matin, revient avec du pain frais, prépare le café comme si cette maison était la sienne depuis toujours. Il occupe l'espace sans bruit, avec cette présence presque effacée qui, paradoxalement, finit par tout envahir.

À la boulangerie, il adopte son ton le plus mesuré.

— Je prends une tradition... et deux pains au chocolat. Ma femme adore ça le matin.

Il prononce le mot femme avec douceur. La boulangère lui répond qu'elle a beaucoup de chance. Il incline légèrement la tête, comme un homme gêné par le compliment.

— C'est moi qui ai de la chance. Je n'ai qu'une femme dans ma vie.

Il laisse la phrase flotter. Il ne force rien. Il installe simplement une image.

Au marché, il choisit les fruits avec soin.

— Ils sont pour ma femme. Elle aime les choses bien mûres, bien fraîches.

La vendeuse lui sourit, un peu charmée par ce mari attentionné.

— Vous êtes un homme rare.

Il sourit à son tour, juste ce qu'il faut.

— J'essaie de l'être.

Il répète le prénom de Clara comme une signature, comme s'il ancrerait son histoire dans la mémoire des gens.

Puis il arrive devant l'étal d'Elena.

Elle le voit venir de loin. Elle observe sa démarche tranquille, son sourire poli. Elle sent le courant sous la surface.

— Bonjour, dit-il.

Elena ne lui rend pas son sourire.

— Tenez... on ne se serait pas déjà vus ?

Il feint la réflexion.

— Non, je ne crois pas. Je suis en vacances avec ma femme.

Il marque une légère pause avant d'ajouter :

— Clara. Vous l'avez peut-être croisée. Cheveux mi-longs, très lumineuse. Elle attire le regard.

Il sourit brièvement, satisfait de sa description.

Elena soutient son regard sans ciller.

— Peut-être.

Il désigne les crevettes.

— Un kilo de roses. Et deux filets de saumon, deux cent cinquante grammes chacun, s'il vous plaît.

Elle prépare la commande lentement, emballe soigneusement le poisson.

— J'espère que vos vacances à vous vont vite s'écourter.

Il relève les yeux, faussement surpris.

— Pardon ?

Elena reste parfaitement calme.

— Ce n'est pas un endroit pour les requins.

Un silence s'installe. Il esquisse un sourire qui ne touche pas ses yeux.

— Je ne mords pas, rassurez-vous.

— Les requins non plus. Ils tournent d'abord autour.

Elle lui tend le sachet. Il paie sans discuter.

— Bonne journée.

— À vous aussi.

Il s'éloigne, dos droit, sans presser le pas.

Elena le regarde partir. Elle comprend exactement ce qu'il est en train de faire. Il ne cherche pas à récupérer Clara par la force. Il cherche à installer un récit. À devenir, aux yeux du village, le mari patient, aimant, inquiet. À rendre toute parole future de Clara fragile, suspecte, excessive. Elena a vue claire dans son jeu : il ne crée pas de conflit, il prépare le terrain. Et c'est infiniment plus dangereux.

59

Pendant ce temps, ou je le sais qu'il s'incruste, s'infiltre et s'immisce dans mon quotidien comme une sensu indispensable pour ma survie, j'évite le village. Je sors tôt le matin, j'enfourche le vélo et je pédale longtemps, jusqu'à ce que le vent me brûle les joues et que mes pensées se dissipent un peu. Je me poste sur des points de vue isolés, face à la mer, là où personne ne vient. J'y reste des heures parfois, mon ordinateur sur les genoux, à envoyer des documents à l'avocat, à relire des formulaires, à signer des attestations. Chaque mail envoyé me donne l'impression de couper un fil, mais le filet autour de moi reste tendu.

J'ai même écrit une lettre pour Julien. Une vraie lettre, à l'ancienne. Au cas où Fabrice irait trop loin. Au cas où je me retrouverais coincée, incapable de lui parler. Je l'ai glissée dans mon sac, comme une preuve que j'existe encore quelque part en dehors de cette maison.

Pourtant, malgré ces démarches, je commence à douter. Pas de ma décision. De ma solidité. Fabrice ne part pas. Il occupe le salon, la cuisine, la ville. Il agit comme si tout lui appartenait encore. Et moi, je passe mes journées dehors comme une étrangère dans ma propre vie.

Je commence à me demander si je ne me suis pas surestimée.

C'est en revenant d'un promontoire que je croise Elena sur son VTT, en route vers le parc à huîtres. Elle freine brusquement en me voyant.

— Eh bien dis donc... j'ai essayé de te voir, mais sans succès. Je n'ai même pas ton numéro de téléphone.

Elle me dévisage, attentive.

— Julien m'a contactée pour savoir si tout allait bien. J'ai dû lui dire que je n'avais pas de nouvelles. Je ne pouvais pas lui mentir.

Je baisse les yeux. La honte me serre la gorge.

Elena descend de son vélo et le pose contre un talus. Elle me regarde plus longuement et je sens qu'elle voit tout : ma fatigue, mon repli, cette façon que j'ai de me refermer quand la pression monte.

— J'ai parlé à ton mari, ajoute-t-elle d'une voix plus basse. Je ne m'étais pas trompée sur son compte.

Je relève la tête.

— Hier, au marché, j'ai vu comment il parlait. Comment il présentait les choses. Il sait très bien ce qu'il fait, Clara. Il ment sans trembler. Comme un arracheur de dents.

Je respire difficilement.

— Dis-moi juste ce qui ne va pas.

Je lâche enfin ce que je retiens depuis des jours.

— Je suis obligée de rester dehors toute la journée depuis qu'il est là. J'ai essayé de le faire partir, mais il ne veut pas. Il agit comme si je ne savais pas ce que je faisais. Comme si je n'étais pas capable de rester seule. Il me montre que je ne peux pas gérer, que lui doit tout faire.

Ma voix se casse.

— Il va constamment en ville. Je ne veux pas que les villageois sachent qui il est vraiment.

Elena me fixe un instant avant de répondre.

— C'est trop tard, Clara.

Je sens mon ventre se nouer.

— Il dit à tout le monde que tu es sa femme. Qu'il ne vit que pour sa "petite femme fragile et stressée". Et ça ne déplaît pas à Nathalie, la boulangère.

Elle soupire légèrement.

— Un homme qui s'occupe de sa femme, ici, ça fait rêver. Elle en est déjà charmée.

Je relève la tête avec un sourire fatigué.

— Si elle pouvait le récupérer, ça m'arrangerait presque.

Elena esquisse un rire bref, puis redevient sérieuse.

— Et Julien ?

Je secoue la tête.

— On n'a pas eu l'occasion d'être seuls. Mais je vais lui dire. C'est prévu.

Je prends une inspiration plus ferme.

— J'ai envoyé les documents pour le divorce. C'est fait.

Elena écarquille les yeux.

— Vraiment ?

— Oui. Et j'ai contacté la fac sur le continent pour savoir si je pouvais reprendre ma dernière année.

— Et alors ?

— J'attends une réponse.

Elena laisse échapper un cri de joie sincère.

— Mais c'est fantastique, Clara ! Je suis tellement fière de toi.

Ses yeux brillent.

— Au lieu de rester seule dehors comme une fugitive, viens à la maison. Tu es chez toi là-bas. On trouvera une solution. Ensemble.

Je regarde Elena quelques secondes sans répondre. L'idée de ne plus rentrer seule dans cette maison me soulage autant qu'elle m'effraie. J'ai passé des jours à me convaincre que je pouvais tenir, que je pouvais affronter Fabrice dans cet espace isolé, mais la vérité est simple : je m'épuise.

— D'accord, dis-je enfin. Je viens.

Elena hoche la tête, visiblement soulagée, mais je lève légèrement la main.

— Je préfère récupérer quelques vêtements avant. Juste le nécessaire. Je te rejoins ce soir.

Elle me fixe un instant, comprend ce que cela représente pour moi, puis acquiesce.

— Très bien. Passe quand tu veux. Tu es chez toi là-bas.

Je remonte sur mon vélo et je pédale plus vite que d'habitude. Mon cœur bat fort, mais ce n'est plus seulement la peur. C'est une décision qui prend forme.

60

Lorsque j'entre dans la maison, le silence me frappe. Fabrice n'est pas là. Peut-être en ville. Peut-être en train de construire son histoire.

Je monte directement à l'étage. J'ouvre mon sac à dos et je choisis peu de choses : deux jeans, quelques pulls, mes sous-vêtements, ma trousse de toilette. J'hésite devant mes livres, j'en prends un seul. Celui que je lis en ce moment. Je récupère aussi la lettre pour Julien, au cas où je n'aurais pas le courage de tout lui dire de vive voix. Je la glisse dans la poche intérieure de mon sac.

Dans le salon, je remarque que Fabrice a rangé la table. Une assiette recouverte d'un film alimentaire m'attend, comme une preuve qu'il est attentionné. Comme une scène qu'il prépare. Je n'y touche pas.

Je descends avec mon sac sur l'épaule. Au moment où j'atteins la porte, celle-ci s'ouvre. Fabrice entre, un sachet à la main. Il s'arrête en me voyant prête à partir.

— Tu vas quelque part ?

Sa voix est neutre, presque douce.

— Oui.

Je ne me justifie pas.

Son regard glisse vers le sac.

— Tu fuis encore ?

Je soutiens son regard.

— Non. Je m'organise.

Il pose le sachet lentement sur la table, puis fait deux pas rapides vers moi. Avant que je n'atteigne la poignée, ses bras se referment autour de ma taille.

De l'extérieur, cela pourrait passer pour une étreinte désespérée. De l'intérieur, je reconnais immédiatement la pression.

Ce n'est pas une caresse.

C'est une prise.

Il serre un peu trop fort. Comme toujours. Pas assez pour qu'on parle de violence évidente. Assez pour que la douleur reste sous la peau et fleurisse en bleu le lendemain.

— Ne fais pas ça, murmure-t-il contre mon épaule. On peut arranger les choses.

Je glisse instinctivement mon bras entre nos deux corps pour créer un espace, pour empêcher son torse d'écraser le mien.

— Lâche-moi.

Il resserre encore.

— Tu es perdue, Clara. C'est tout.

La pression sur ma hanche devient douloureuse.

— Tu me fais mal.

— Arrête d'exagérer.

Je pousse plus fort. Il me retient encore une seconde. Une seconde de trop.

Et c'est à ce moment-là que je le vois.

Julien.

Il arrive au bout du chemin. Il voit un homme qui me tient dans ses bras. Il voit mon corps serré contre un autre. Il ne voit pas mon bras coincé entre nous. Il ne voit pas mes épaules crispées. Il ne voit pas la douleur.

Il voit une étreinte.

Son visage se ferme immédiatement. Il s'arrête à peine, le temps de comprendre ce qu'il croit comprendre. Puis il fait demi-tour. Il ne s'approche pas. Il ne cherche pas d'explication. Il part, la colère visible dans la tension de ses épaules.

— Lâche-moi !

Ma voix claque enfin. Je le repousse avec toute ma force. Fabrice me relâche.

Je recule d'un pas, le souffle court.

— Je déteste quand tu fais ça. À chaque fois tu me serres comme si tu voulais me retenir de force. Le bras, la cuisse, le poignet... c'est toujours pareil. Tu appelles ça de l'amour ?

Il me regarde avec cette patience feinte que je connais trop bien.

— Tu exagères.

Je sens la rage me traverser.

— Non. J'en ai assez.

Je le fixe droit dans les yeux.

— Je t'ai dit que j'étais avec quelqu'un d'autre. Et je tiens à ce que la confiance que je partage avec lui reste intacte. Pas comme avec toi. Pas avec tes non-dits, tes silences transformés en manipulation.

Il plisse légèrement les yeux.

— Il ne te croira pas.

La phrase tombe calmement. Sans colère. Sans éclat.

Et c'est là que je comprends. Il savait. Il savait que Julien pouvait arriver. Il savait que cette image suffirait.

Je ne réponds pas. Je prends mon sac et je sors sans me retourner.

61

La porte claque si fort que les vitres vibrent dans leurs cadres.

Elena sursaute dans son fauteuil. Ses lunettes glissent légèrement sur son nez. Elle relève les yeux de son livre et voit Julien entrer, le visage fermé, les épaules tendues. Elle connaît cette démarche. Ce n'est pas la fatigue. Ce n'est pas la mer. C'est personnel.

Elle retire ses lunettes et se lève lentement.

— Qu'est-ce qu'il se passe ?

Julien traverse le salon sans répondre tout de suite.

— Clara.

Le prénom sort comme une brûlure.

Elena croit d'abord qu'ils ont parlé. Qu'il sait. Qu'il a encaissé difficilement mais qu'il a compris. Elle s'approche.

— Je sais pour Fabrice. Tu ne peux pas lui en vouloir, tu sais.

Julien s'arrête net.

— Tu te moques de moi, Elena ?

Il la regarde avec une colère noire.

— Tu savais qu'elle était avec quelqu'un d'autre et tu n'as rien dit ?

Elena fronce les sourcils, réellement déstabilisée.

— Attends... je ne comprends pas. Clara ne t'a rien expliqué ?

Julien passe une main sur son visage, essaie de reprendre son souffle.

— Non. Je suis allé la voir. Et je l'ai trouvée avec un homme. Il la tenait dans ses bras. Elle ne l'a pas repoussé.

Sa voix tremble légèrement, plus blessée que furieuse.

Elena le fixe un instant. Puis elle comprend exactement ce qu'il a vu... et ce qu'il n'a pas vu.

— Cet homme... c'est son mari.

Le silence tombe lourdement.

Julien reste figé.

— Son mari ?

— Oui. Celui qu'elle a fui pour venir ici.

Il recule d'un pas, comme si l'information le frappait physiquement.

— Fui ?

Elena s'approche, ferme, lucide.

— Clara n'est pas venue passer des vacances romantiques sur une île. Elle est venue respirer. Elle est venue se retrouver. Elle est venue fuir un homme qui l'a isolée pendant des années.

Julien ne parle plus. Il écoute.

— Il ne la frappe pas. Il ne hurle pas. Il manipule. Il retourne tout. Il l'a coupée de son travail, de ses amis, de sa confiance. Il s'est installé ici en prétendant être le mari aimant. Il raconte à tout le monde qu'elle est fragile.

Elle le regarde droit dans les yeux.

— Tu crois vraiment qu'un homme comme ça ne serait pas capable de la serrer dans ses bras au moment exact où tu arrives ?

Julien serre les mâchoires.

— Elle ne m'a rien dit.

— Parce qu'elle voulait régler ça proprement. Parce qu'elle ne voulait pas que tu la voies comme une femme encore attachée à un autre. Parce qu'elle a honte d'avoir été piégée aussi longtemps.

Elena inspire doucement.

— Elle est venue ici pour le fuir. Elle t'a trouvé, toi... et la mer. Et pour la première fois depuis des années, elle a recommencé à sourire. Tu as vu comment elle est sur le navire ? Tu as vu comment elle parle des cétacés, de l'écosystème, des marées ?

Julien baisse les yeux. Oui. Il l'a vu.

— Elle n'est pas en train de jouer. Elle renaît.

Sa voix se fait plus douce.

— Et cet homme le sent. Il ne veut pas la perdre. Pas par amour. Par contrôle.

Julien se laisse tomber sur une chaise, le souffle plus lourd mais la colère moins aveugle.

— Elle aurait dû me le dire...

— Elle allait le faire.

Elena s'agenouille presque face à lui pour capter son regard.

— Tu es en colère parce que tu tiens à elle. Mais ne laisse pas son passé te faire croire qu'elle te ment. Elle apprend juste à parler sans trembler.

Un silence.

La tension dans les épaules de Julien commence à céder.

C'est à ce moment précis qu'on frappe à la porte.

Un coup bref. Hésitant.

Julien relève la tête.

Elena échange un regard avec lui.

Puis la poignée tourne doucement.

Clara entre.

62

La porte se referme derrière moi avec un léger claquement.

Julien est debout au milieu du salon. Elena, près de la table, vient visiblement de terminer d'expliquer la situation. Je le comprends à la tension encore suspendue dans l'air, à la façon dont il se redresse quand il me voit entrer.

Il fait un pas vers moi.

Je lève la main doucement.

— Attends.

Il s'arrête. Son regard est plus froid que d'habitude. Pas violent. Mais blessé.

Je déglutis.

— Désolée… Désolée que tu aies vu cette scène. Ce n'était pas ce que tu crois.

Ma voix tremble un peu, mais je continue.

— Je ne ressens rien pour lui. Rien. Ce que tu as vu… c'était un mélange de fatigue, de pression… et peut-être, oui, de pitié. Mais pas d'amour. Pas de désir. Rien de tout ça.

Julien ne me quitte pas des yeux.

— Il te tenait, Clara.

— Je sais.

Je ferme un instant les paupières.

— J'aurais dû le repousser plus vite. J'aurais dû réagir autrement. Mais quand il fait ça… il me prend de court. Il joue sur l'émotion. Sur la confusion. Et parfois je mets quelques secondes à revenir à moi.

Le silence se tend.

— Oui, j'aurais dû te parler plus tôt. Chaque fois que j'ai essayé, il y avait toujours autre chose. Un départ en mer. Une urgence. Une tension entre nous. Et je n'ai pas su trouver le bon moment.

Je relève les yeux vers lui.

— Et puis, au début… je ne pensais même pas que je ressentirais quoi que ce soit pour toi.

Un léger éclat traverse son regard.

— Quand je te croisais sur la plage, je me disais que tu serais peut-être un ami. Juste ça. Je n'étais pas venue ici pour tomber amoureuse.

Ma voix se fait plus douce.

— Mais les jours ont passé. Les situations nous ont rapprochés. La confiance s'est installée sans que je m'en rende compte.

Julien inspire plus lentement. La colère s'effrite.

Je poursuis, plus assurée.

— La journée sur le navire… ce n'était pas juste une belle expérience. Ça a été un déclic.

Il fronce légèrement les sourcils, intrigué.

— Tu savais déjà que j'avais étudié un peu les sciences marines. Je te l'ai dit là-bas. Tu t'en doutais quand tu m'as vue analyser les relevés.

Il acquiesce doucement.

— Oui. Je me suis dit que tu n'improvisais pas.

Je hoche la tête.

— Ce jour-là, quand j'ai participé au sauvetage, quand j'ai discuté avec les scientifiques… je me suis sentie à ma place. Vraiment. Libre. Volontaire. Comme à vingt ans, avant que tout se brouille.

Je m'approche d'un pas.

— Et tu as contribué à ça sans le savoir.

Il me regarde, attentif.

— Sur le navire, tu me regardais avec admiration. Avec respect. Pas comme quelqu'un de fragile qu'on protège. Tu m'as fait confiance. Tu m'as laissée agir. Tu m'as écoutée.

Ma gorge se serre.

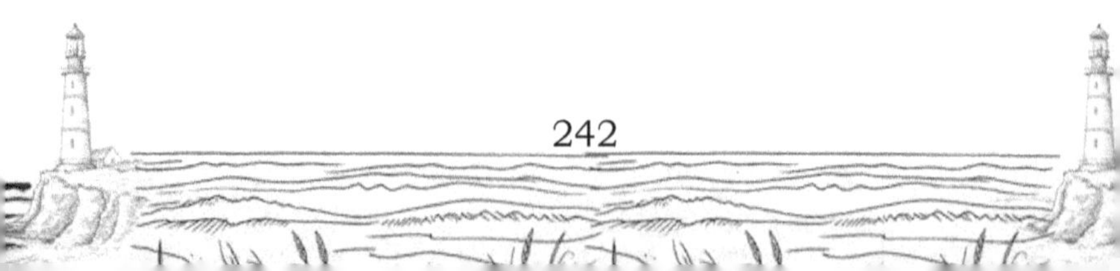

— Cette confiance m'a réveillée. Elle m'a rappelé que j'étais capable. Que ma passion pour la mer était encore là. Que je n'étais pas devenue... vide.

Julien passe une main sur sa nuque, moins tendu.

— Je t'ai juste regardée comme je te vois, Clara.

Je souris faiblement.

— Justement.

Je prends une inspiration plus ferme.

— J'ai recontacté la fac. Pour voir si je pouvais reprendre ma dernière année. Pas parce que je fuis. Mais parce que je veux retrouver cette part de moi.

Un silence plus doux s'installe.

— Et je veux divorcer, dis-je enfin. Pas pour toi. Pour moi. Mais je ne veux plus que rien d'inachevé s'interpose entre nous.

Julien me fixe encore quelques secondes. Son regard n'est plus froid. Il est grave.

— Je me doutais qu'il y avait quelque chose de plus grand derrière tout ça, dit-il finalement. Je voyais bien que la mer te parlait autrement.

Un léger sourire naît sur ses lèvres.

— Je ne suis pas surpris que tu aies étudié ça. Je suis juste... fier que tu n'aies pas oublié.

Le mot me traverse comme une chaleur.

Elena, en retrait, nous observe en silence.

Julien s'approche enfin. Pas brusquement. Lentement.

— Je ne veux pas être l'homme qui t'arrache à ton passé à coups de colère. Je veux être celui qui marche à côté de toi pendant que tu le règles.

Il tend la main vers moi.

— Mais ne me laisse plus dans l'ombre. Même quand c'est compliqué.

Je pose ma main dans la sienne.

— D'accord.

CHAPITRE
4

63

Le vent est plus doux ce matin-là. Il n'y a pas de sauvetage, pas d'urgence, seulement l'odeur du sel et des filets encore humides que nous étendons sur le pont du bateau d'Elena. Le bois grince sous nos pas. Les mouettes tournent au-dessus de nos têtes comme si elles surveillaient notre travail.

Je frotte une caisse en plastique tachée d'écailles pendant qu'Elena rince les filets à grande eau. Nous travaillons en silence depuis un moment. Un silence tranquille. Pas celui qui pèse. Celui qui repose.

— Tu comptes faire quoi maintenant ? me demande-t-elle enfin, sans lever les yeux.

Je relève la tête, un chiffon encore serré dans la main.

— Par rapport à quoi ?

Elle esquisse un sourire.

— Par rapport à tout. L'île. Julien. Fabrice.

Je repose la caisse et m'adosse à la rambarde. La mer est d'un bleu presque profond aujourd'hui, moins brillante que les autres jours, plus sérieuse.

— Mon contrat de location se termine dans deux jours.

Je marque une pause. Le dire à voix haute rend les choses plus concrètes.

— J'aimerais rester.

Elena s'arrête de rincer. Elle me regarde cette fois.

— Alors reste.

C'est simple. Dit comme ça, tout paraît simple.

Je baisse les yeux vers mes mains encore humides.

— Ce n'est pas si facile. Fabrice s'est installé. Il agit comme si la maison lui appartenait. Comme si j'avais juste besoin de “ temps ” pour revenir à la raison.

Elena fronce légèrement les sourcils.

— Il ne partira pas de lui-même.

— Je sais.

Le mot est calme. Sans tremblement.

— Il faut que je me débarrasse de lui. Définitivement. Tant qu'il est là, je n'ai pas l'impression d'être vraiment libre. Même si j'ai envoyé les papiers.

Elena s'approche, s'essuie les mains sur son tablier et s'appuie à côté de moi contre la rambarde.

— Tu sais que tu peux venir chez moi.

Je tourne la tête vers elle.

— Je ne veux pas m'imposer.

Elle souffle, presque amusée.

— Clara... tu ne t'imposes pas. Tu te reconstruis. Ce n'est pas pareil.

Je sens quelque chose se détendre à l'intérieur de moi.

— Le temps que tu te retournes, ajoute-t-elle. Le temps que la situation soit claire. Le temps que tu respires.

Je regarde la ligne d'horizon. Il y a encore des choses à régler, je le sais. Fabrice ne lâchera pas sans tenter un dernier coup. Mais pour la première fois, je n'ai plus l'impression d'être seule face à lui.

— Je ne veux plus fuir, dis-je doucement. Mais je ne veux plus non plus partager un toit avec lui.

— Alors ne le fais pas.

Sa réponse est directe. Sans détour. Comme son frère.

Je souris malgré moi.

— J'ai l'impression que tout le monde ici parle plus simplement que moi.

— C'est parce qu'on n'a rien à cacher, répond-elle en haussant les épaules.

Le bateau tangue légèrement. Je sens mes pieds s'ajuster naturellement à l'équilibre du pont. Comme si mon corps connaissait déjà le mouvement.

— Si je viens... ce sera temporaire.

— Bien sûr.

— Le temps qu'il parte.

— Ou que tu partes plus loin encore.

Je la regarde, surprise.

Elle me sourit.

— L'île peut être un point d'ancrage. Pas forcément une destination finale.

Je ne réponds pas. Mais je sais qu'elle a raison.

Le vent soulève une mèche de mes cheveux. Je la coince derrière mon oreille et je reprends le chiffon.

— D'accord, dis-je enfin. Je viendrai chez toi.

Elena ne fait pas de grand discours. Elle attrape simplement une autre caisse et me la tend.

— Parfait. Alors on va s'organiser.

Et tandis que nous reprenons le nettoyage, je réalise que ce n'est plus une question de survie mais il est question de ma vie et mon avenir.

64

Le soleil commence à descendre lorsque Julien me rejoint près du quai comme c'était prévu. Il a encore l'odeur du large sur lui, un mélange de sel et de vent froid. Sans un mot, il glisse sa main dans la mienne. Ce geste est devenu naturel. Simple. Évident.

Nous marchons le long du sentier qui borde la mer. Les herbes hautes ondulent sous la lumière dorée. Je me sens légère. Stable. Comme si quelque chose en moi avait enfin trouvé son axe.

— Ta journée ? me demande-t-il en me regardant de côté.

Je souris.

— Intense. Elena ne plaisante pas quand elle travaille. Mais j'aime ça. J'aime cette fatigue-là.

Il hoche la tête.

— Elle a toujours été comme ça. Elle donne tout.

Je serre un peu plus ses doigts.

— Elle m'a proposé de rester chez elle. Le temps que je m'organise.

Julien ne ralentit pas. Il ne se crispe pas.

— Et toi, qu'est-ce que tu veux ?

La question tombe simplement. Sans pression.

Je prends une inspiration, plus longue cette fois.

— Je veux rester. Ici. Avec vous. Mais je suis un peu… partagée.

Il tourne légèrement la tête vers moi.

— Partagée comment ?

— Si la fac m'accepte, je devrai retourner sur le continent. Ce ne sera pas loin, mais ce ne sera pas ici non plus. J'ai envie de construire quelque chose ici… et en même temps je ne veux pas renoncer à mes études maintenant que j'ai retrouvé cette envie.

Julien réfléchit un instant. Pas pour fuir. Pour envisager.

— Alors reste avec nous.

Je le regarde, surprise par la simplicité de sa réponse.

— Comment ça ?

— Tu peux être hébergée chez Elena. Tu travailles avec elle quelques jours par semaine. Et le reste du temps, tu viens sur le navire quand on a les scientifiques à bord. Tu te remets à niveau tranquillement. Tu observes, tu participes, tu poses des questions. Ça te fera de l'expérience concrète. Et pour la fac, ce sera un vrai plus.

Il hausse légèrement les épaules, presque naturel.

— Tu n'es pas obligée de tout décider d'un coup. Tu peux avancer à ton rythme. Construire quelque chose de sain. Pas dans la précipitation. Pas dans la fuite.

Je reste silencieuse quelques secondes. Pas parce que je doute. Parce que l'idée me paraît juste.

— Tu crois vraiment que je pourrais faire ça ?

Il s'arrête cette fois, se tourne vers moi et me regarde franchement.

— Je crois surtout que tu en es capable. Et que tu as déjà commencé.

Son ton n'est ni protecteur ni condescendant. Il constate.

Je sens quelque chose se déposer en moi. Pas une émotion explosive. Une certitude calme.

— Travailler avec vous... et reprendre mes études. Ce serait... cohérent.

Il sourit.

— Ce serait plus toi, je pense... Et d'après tout ce que j'ai vue de toi aussi.

Nous reprenons notre marche jusqu'au restaurant. Je lui parle de la mer, des analyses, des relevés, de ce que j'ai observé sur le navire. Il m'écoute vraiment. Il pose des questions précises. Il me laisse développer. Il ne simplifie pas mes propos. Il ne minimise pas. Parler de mon avenir ne ressemble pas à un rêve lointain. Ça ressemble à un plan et surtout, je suis soutenue et encourager.

65

Alors que Clara et Julien s'éloignent du quai, leurs mains liées avec une évidence nouvelle, le village s'enveloppe d'une lumière dorée. Le soleil décline lentement derrière les façades claires, étirant les ombres sur les pavés encore tièdes. Ils marchent sans se presser, leurs épaules se frôlant parfois, comme si leurs corps avaient déjà appris à avancer au même rythme. La conversation est simple, tournée vers l'avenir. Julien parle de la mer, des prochaines sorties, des projets du navire. Clara l'écoute, puis répond avec cette assurance qu'elle retrouve peu à peu. Elle ne cherche plus ses mots. Elle ne les retient plus non plus.

Un peu plus loin, à l'abri d'un angle de rue, Fabrice les aperçoit. Il s'était mis à la chercher lorsqu'elle n'était pas rentrée à l'heure qu'il jugeait convenable. Il avait commencé par attendre, puis par tourner dans le village avec cet air inquiet qu'il sait parfaitement composer. Lorsqu'il les voit, il s'immobilise.

Clara rit.

Pas un rire poli. Pas un sourire social. Un rire libre, qui soulève légèrement sa tête en arrière et fait briller son regard. Fabrice serre la mâchoire. Cette expression ne lui appartient plus. Elle ne lui appartient plus du tout.

Il décide de les suivre. À distance suffisante pour ne pas être remarqué, mais assez proche pour ne rien perdre. Chaque geste devient une information à analyser. Chaque inclinaison de tête, chaque regard échangé lui paraît suspect, presque provocant. Lorsqu'ils entrent dans un petit restaurant du port, il attend quelques minutes avant de pousser la porte à son tour. Il choisit une table en retrait, partiellement dissimulée par un pilier. De là, il peut les voir sans être vu.

Clara parle avec animation. Elle explique quelque chose à Julien, dessine des formes dans l'air avec ses mains. Julien l'écoute avec attention, penché légèrement vers elle. Il ne la coupe pas. Il ne la corrige pas. Il ne minimise pas ce qu'elle dit. Son regard est franc, posé, parfois amusé, parfois admiratif.

Puis vient le geste.

Julien glisse naturellement sa main dans le creux des reins de Clara pour la rapprocher de lui. Le mouvement est simple, instinctif. Clara ne se fige pas. Elle ne jette pas un regard inquiet autour d'elle. Elle accepte ce contact comme une évidence. Julien se penche alors vers elle et l'embrasse, un baiser sincère, ni précipité ni caché.

Le verre que tient Fabrice se crispe entre ses doigts. Il sent la colère monter, mais elle ne se transforme pas en éclat. Elle devient froide, dense, méthodique. Ce qu'il observe ne correspond pas à l'image qu'il se faisait d'elle. Il ne voit ni hésitation ni culpabilité. Il ne voit aucune trace de doute. Clara semble différente, ancrée dans le moment, habitée par une sérénité qui lui échappe complètement.

Cette vision le heurte plus violemment qu'une insulte. Il ne supporte pas l'idée qu'elle puisse être heureuse sans lui. Il ne supporte pas que cet homme la touche sans qu'elle se raidisse, sans qu'elle se justifie. Pourtant, il ne se lève pas. Il ne provoque pas de scène. Il comprend que l'explosion publique ne lui servirait à rien ici. Il a déjà commencé à façonner l'image du mari inquiet et attentionné dans ce village. Il doit rester cohérent avec ce rôle.

Alors il observe. Il calcule. Il patiente.

Ce qu'il vient de voir ne lui donne pas envie de partir. Cela éveille en lui quelque chose de plus dangereux encore : la volonté de reprendre le contrôle sans jamais laisser paraître qu'il l'a perdu.

66

Je me suis levée tôt. Le soleil commençait à peine à colorer les façades et l'air était encore frais. J'avais envie de croissants chauds, d'un matin simple, ordinaire. Quelque chose de doux pour commencer la journée.

Je marche jusqu'à la boulangerie avec ce sourire léger que je ne cherche plus à cacher. J'entre. La clochette tinte au-dessus de ma tête.

La boulangère lève les yeux vers moi.

Son regard change immédiatement. Il se durcit. Elle me détaille comme si j'étais une tache sur son carrelage impeccable.

— Qu'est-ce qu'elle veut, la citadine fragile ?

La phrase tombe sèchement. Devant tout le monde.

Je reste immobile une seconde. Je me demande si j'ai mal entendu. Puis je me redresse.

— Bonjour. Trois croissants, s'il vous plaît.

Elle ne répond pas tout de suite. Elle continue de me regarder, de haut en bas, avec ce mépris tranquille qu'on affiche quand on croit détenir la vérité.

Elle se tourne vers sa vendeuse.

— Vas-y, encaisse la simulatrice.

Je sens quelques regards derrière moi. Des murmures étouffés. Une chaleur monte dans ma poitrine. Pas de la honte. Pas cette fois.

Quelque chose de plus ferme.

Je prends une inspiration lente.

— Je vous aurais offensée à un quelconque moment, Madame ? Parce qu'il me semble que vous insinuez des choses que je ne comprends pas. Et vous me manquez de respect ouvertement devant votre employée, alors que je ne suis qu'une cliente. Je suis venue deux fois ici. Rien de plus.

Elle rougit. Pas de gêne. De colère.

— Vous venez sur notre île en vacances, vous vous pavanez main dans la main avec le premier venu pendant que votre mari est anéanti, et vous osez jouer les innocentes. Ici, on n'accueille pas les catins de votre genre.

Le mot claque.

Je sens l'ancien réflexe vouloir revenir. Celui de me justifier. De me défendre. De m'excuser presque d'exister.

Mais je ne baisse pas les yeux.

— Je ne vous connais pas, dis-je calmement. Et je ne me permettrai pas de vous juger. Alors permettez-moi de vous demander la même chose.

Ma voix est stable. Plus que je ne l'aurais cru et je me lâche toujours dans le respect…

— Un village ne devient pas respectable parce qu'on y répète les rumeurs plus fort que les autres. Il le devient quand ses habitants savent faire preuve de discernement.

Je la regarde dans les yeux, sans sourciller.

— Vous parlez de fidélité et d'honneur. Mais ce qui salit vraiment une île, ce ne sont pas les histoires des autres. Ce sont les jugements qu'on fabrique sans savoir.

La vendeuse me tend le sachet, mal à l'aise, mais un léger sourire s'étire sur son visage comme si personne n'avait oser

parler sur ce ton a sa patronne. Je pose l'argent sur le comptoir en concluant :

— Je vous souhaite une bonne journée, Madame.

Je sors sans me presser.

Mon cœur bat fort, mais je ne me sens pas brisée. Je ne me sens pas coupable non plus et je crie de joie intérieurement. Un grand sourire involontaire que je ne peux contenir s'affiche sur mon visage.

67

Je rentre à la maison un peu avant midi. Le propriétaire doit passer récupérer les clés, et je veux que tout soit prêt. Vingt jours. C'est le temps que j'aurai passé ici. Vingt jours qui ont changé plus que des années entières.

J'ai déjà tout rangé. Il ne reste presque rien. Quelques vêtements pliés, une trousse de toilette, et cette valise ouverte sur le lit comme une preuve silencieuse : je pars vraiment.

La porte est entrouverte.

Je n'ai pas besoin d'aller plus loin pour comprendre.

Fabrice est là.

Dans le salon, comme s'il avait toujours eu sa place ici. Comme si cette maison lui revenait. Comme si mon départ n'était qu'un caprice qu'on laisse passer, un épisode qu'on attend de voir se calmer.

Il se lève aussitôt en me voyant, et son visage prend cette expression qu'il maîtrise trop bien : inquiet, presque triste, légèrement offensé… comme si j'étais celle qui lui avait fait du mal.

— Ah… te voilà enfin.

Il s'approche, les bras ouverts, prêt à me cueillir contre lui, à imposer ce geste qui a longtemps suffi à me brouiller. Il tente de m'envelopper, de me retenir par la taille.

Je recule d'un pas.

— Ne me touche pas.

Ma voix est calme. Plate. Sans colère, sans tremblement. Juste claire.

Il reste figé une fraction de seconde, surpris par mon ton. Je passe à côté de lui et je vais directement vers la chambre. Je plie mes derniers vêtements avec soin, méthodiquement, comme si j'étais seule dans la maison.

— Clara… tu fais quoi, là ? Tu vas encore faire ton cinéma ?

Je ne réponds pas. Je ferme la fermeture éclair, j'aligne mes affaires. Je respire tranquillement.

Je descends dans la cuisine, je mets de l'eau à chauffer. Je me prépare un café. Un seul.

Fabrice me suit. Il s'appuie contre l'encadrement de la porte, regarde ma tasse, puis la bouilloire.

— Tu pourrais m'en faire un aussi.

Je prends la bouilloire, et je vide le reste de l'eau chaude dans l'évier. Sans brutalité. Sans regard. Sans explication. Un geste simple, définitif.

— Ah... je n'y ai pas pensé.

Il me fixe comme s'il ne me reconnaissait plus.

— Sérieusement ?

Je hausse légèrement les sourcils.

— Hum.

Je bois une gorgée de café et remonte vers ma valise. Fabrice, lui, tourne autour de moi. Il cherche une prise. Une émotion. Une faille. Il n'en trouve pas.

Alors il attaque.

— Je t'ai vue avec l'autre. C'est qui ce mec ?

Je replie un pull.

— Je ne sais pas de quoi tu parles. Ce n'était pas moi.

Il s'approche, la voix plus dure.

— Au restaurant. Il te tenait comme un ado en rut.

Je souffle doucement, presque amusée.

— Tu dis n'importe quoi.

Il serre les dents.

— Et toi, tu te comportais comme une gamine.

Je lève les épaules.

— Tu es sur ?!

Il cligne des yeux, déstabilisé. Il attend ma justification. Mon stress. Mon besoin de me défendre.

Mais je reste tranquille.

— Tu te fous de moi ?

Je le regarde enfin.

— Je ne comprends pas !

Sa colère monte d'un cran.

— Arrête avec tes “je ne sais pas” ! Parle normalement !

Je m'appuie contre la commode, les bras croisés.

— Pourquoi ? Ça te dérange ?

Il se fige. Il ne s'attend pas à ce renversement.

Je continue, posément.

— Les réponses floues. Les phrases sans fond. Les soupirs. Les “si tu le dis”. Les “fais ce n'est pas moi, ce n'est pas ma faute, je n'ai rien fait etc...”. Les sous-entendus.

Je m'approche d'un pas.

— Je suis en pleine caricature. Tu ne le vois pas ? Ou tu fais exprès ?

Il se redresse, vexé.

— Je ne me suis jamais comporté comme ça.

Je penche la tête, sans agressivité.

— Ah bon ?

Je marque une pause.

— Quand tu me disais que j'exagérais. Que je me faisais des films. Que j'étais trop sensible. C'était quoi, alors ? De la tendresse ?

Il détourne un instant le regard, puis revient, nerveux.

— Tu déformes tout, Clara.

Je souffle, très calme.

— Peut-être.

Ce mot le frappe comme une gifle. Parce qu'il n'y a rien à attraper derrière. Aucune explication. Aucune ouverture.

Il fait quelques pas, comme un animal enfermé, et hausse le ton.

— Je me suis toujours battu pour nous !

Je le regarde, lucide.

— Non. Tu t'es battu pour garder le contrôle et donner une image de stabilité et de gentils garçon aux autres.

Un silence tombe.

Je referme ma valise.

— Tu sais ce que ça fait d'être en face de quelqu'un qui répond dans le vide ? Qui nie. Qui accuse doucement sans jamais rien assumer. Qui te fait douter de toi à chaque phrase.

Je le fixe.

— C'est épuisant.

Il tremble de rage.

— Tu es en train de devenir quelqu'un d'autre !

Je prends ma valise, sans me presser.

— Non.

Je m'arrête une seconde.

— Je redeviens celle que tu as éteins pendant des années.

Il reste là, figé, incapable de reprendre l'avantage. Et moi, pour la première fois depuis des années, je ne cherche pas à le convaincre. Je ne cherche pas à être comprise. Je ne cherche pas à réparer.

Je suis calme. Et ça le rend fou.

68

Le propriétaire arrive à l'heure exacte. Il serre ma main, jette un regard circulaire à la maison, constate que tout est propre. Nous faisons l'état des lieux ensemble. Je signe les papiers sans trembler. Vingt jours. C'est terminé.

Je lui tends les clés. Le propriétaire repart. La maison est désormais vide. Officiellement. Définitivement.

Fabrice, lui, refuse de bouger.

Il attrape ma valise, la pose près de sa voiture, puis revient vers moi avec cette détermination silencieuse que je connais trop bien. Celle qui précède les décisions qu'il prend à ma place.

— On y va.

Je ne bouge pas.

— Non.

Un simple mot. Calme. Ancré.

Son regard se durcit. Il s'approche, me saisit le bras et me tire vers lui pour m'entraîner vers la voiture. Ses doigts s'enfoncent dans ma peau. La pression est ferme, maîtrisée, mais suffisamment forte pour que je sente déjà l'empreinte qu'elle laissera.

— Tu montes.

Je tente de me dégager.

— Lâche-moi.

Il resserre.

Le monde autour de moi semble ralentir. Les sons deviennent lointains. Cette sensation me traverse : le retour du piège. Le mécanisme familier. La prise. L'imposition.

— Lâche-la.

La voix de Julien coupe l'air.

Il avance d'un pas décidé, le regard fixe. Il ne crie pas. Il n'insulte pas. Il ne provoque pas. Il est simplement là. Solide.

Fabrice se retourne, un sourire froid au coin des lèvres.

— Tiens... voilà monsieur parfait.

Julien ne répond pas à la provocation.

— Tu n'as pas à la forcer à monter en voiture.

Son regard glisse vers moi.

— Clara.

Juste mon prénom.

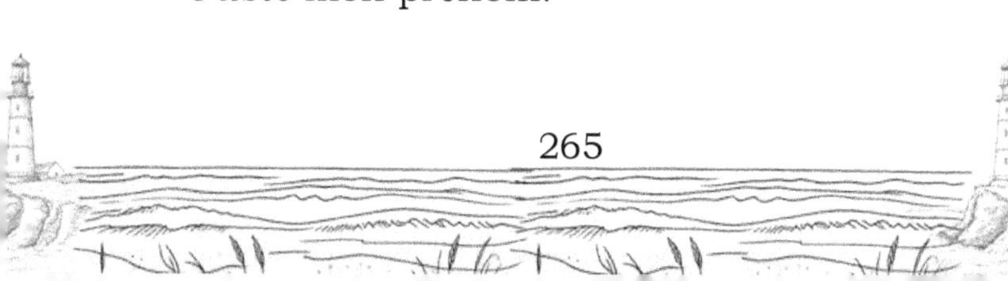

Pas un ordre. Pas une injonction. Une présence.

Je fais un pas vers lui.

Fabrice me retient immédiatement, resserrant sa prise.

— C'est ça que tu veux, hein ? lance-t-il à Julien. Jouer au sauveur ? Tu crois que je ne vois pas ton petit jeu ? C'est ma femme !

Julien ne le regarde même pas.

— Tu lui fais mal.

Fabrice ricane.

— Je suis un homme, moi aussi. Je sais comment ça marche. Tu la sauves, tu la passes dans ton lit et après tu la jettes. Le grand « Classique. »

Ses mots frappent. Pas parce qu'ils sont crédibles. Mais parce qu'ils sont sales.

Je sens les larmes monter. Pas de faiblesse. Pas de honte. Juste la fatigue immense d'être encore réduite à ça.

Julien voit mes épaules se refermer. Il voit la manière dont je cesse presque de respirer.

Il s'approche encore, très lentement.

— Clara. Regarde-moi.

Je lève les yeux. Son regard est stable, ancré, profondément calme.

— Tu n'as rien fais, tu n'es pas responsable de ce qu'il dit.

Ces mots me ramènent à moi.

Fabrice hésite. Une seconde.

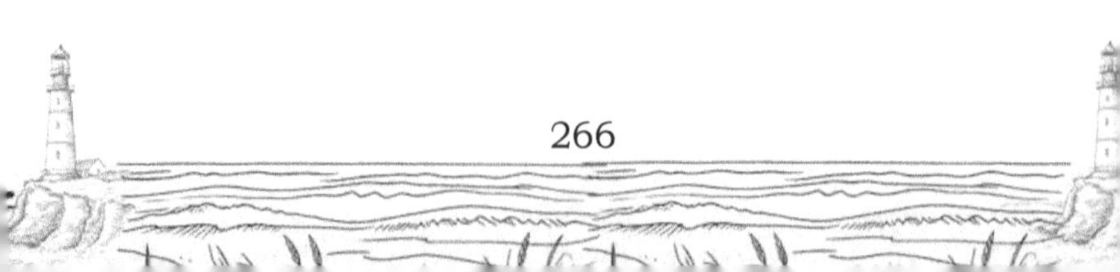

Julien pose alors une limite claire, sans hausser la voix :

— Tu la lâches maintenant.

Le silence devient lourd. Dense.

Fabrice cherche encore le contrôle. Il ne le trouve plus. Parce que je ne reviens pas vers lui. Parce que je ne cherche pas à l'apaiser.

Je profite de ce flottement pour me dégager brusquement. Je recule de deux pas.

Julien se place à mes côtés, pas devant moi. À mes côtés.

Fabrice nous observe, comprend que quelque chose a basculé.

— Très bien, souffle-t-il finalement. On verra combien de temps ça dure. Tu verras, tu reviendras.

Il remonte dans sa voiture et démarre sans un regard en arrière.

Le moteur s'éloigne. Le silence revient.

Mes jambes tremblent encore. Je reste immobile, incapable de parler immédiatement. Julien ne me touche pas tout de suite. Il me laisse quelques secondes. Il sait que j'ai besoin de reprendre mon souffle seule.

Puis, sans un mot, il s'approche et m'enlace. Pas de baiser. Pas de geste démonstratif.

Juste ses bras autour de moi.

Solides. Stables. Sans emprise.

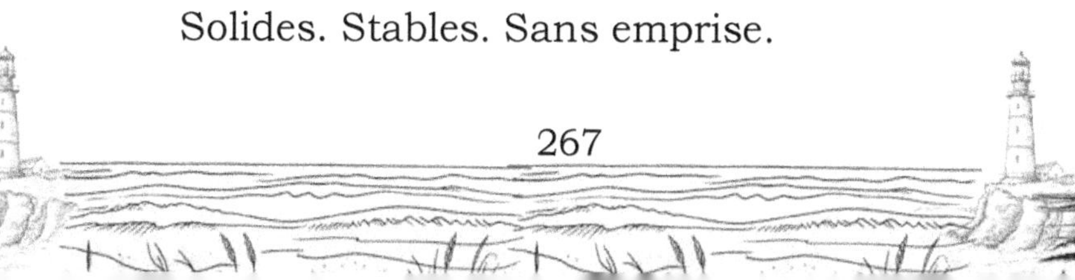

Je m'effondre légèrement contre lui, comme si mon corps relâchait enfin une tension ancienne. Il ne me serre pas pour me posséder. Il me serre pour me soutenir.

Et dans ce silence-là, il comprend.

Il comprend que ce n'était pas seulement un homme manipulateur.

C'était un monde construit pour me contenir. Un espace étroit, fermé, façonné pour que je doute de moi, pour que je ne voie plus l'extérieur.

Il comprend que je ne me débattais pas contre un simple caractère difficile.

Je me débattais contre une cage invisible.

Ses mains se resserrent doucement dans mon dos.

Et pour la première fois, je ne me sens plus enfermée.

69

Cela fait une semaine que je vis chez Elena et Julien.

Une semaine entière.

Je le répète parfois dans ma tête comme pour vérifier que c'est réel. Une semaine sans message. Pas un appel. Pas une tentative déguisée. Pas une phrase glissée pour me faire douter.

Le silence.

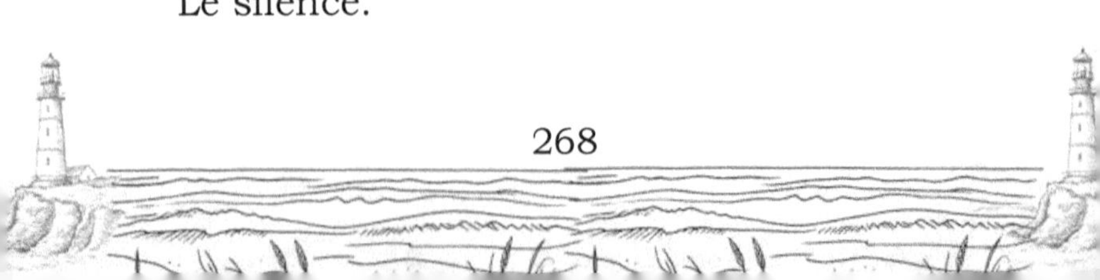

Un silence qui, au début, m'a inquiétée. Comme si l'absence cachait une tempête plus grande encore. Comme si le calme n'était qu'un piège.

Puis les jours ont passé.

Et rien n'est venu.

Je me surprends parfois à attendre le bruit d'un téléphone qui ne vibre pas. À guetter une ombre qui ne se présente pas. Le corps garde la mémoire plus longtemps que l'esprit.

Par moments, ma tête devient encore bruyante. Trop pleine. Trop lourde. Le brouillard revient sans prévenir, comme une buée sur un pare-brise. Les pensées s'entrechoquent, se mélangent, me fatiguent.

Alors Elena apparaît dans l'encadrement de la porte, un sourire simple sur le visage. Elle parle de la marée, d'un filet mal attaché, d'un client un peu trop bavard. Sa voix agit sur moi comme un essuie-glace qui balaie le pare-brise. Le monde redevient net.

Elle ne me pose pas mille questions. Elle ne fouille pas. Elle est là.

Julien, lui, n'est pas parfait. Il peut être têtu. Impulsif parfois. Il réfléchit vite, agit vite. Mais il est franc. Authentique. Avec lui, je ne marche pas sur des œufs. Je ne cherche pas le piège caché dans une phrase.

Quand il me parle, je n'ai pas besoin d'analyser.

Je n'ai pas besoin de me défendre.

Je me sens… pousser des ailes. Pas des ailes spectaculaires. Pas celles qui font décoller du sol. Juste celles qui allègent.

Chaque jour, je me sens un peu plus stable. Même si, par moments, mon corps se crispe encore sans raison. Quatorze années ne s'effacent pas en une semaine. On ne désapprend pas l'isolement en quelques nuits. On ne désinstalle pas la manipulation comme on efface une application.

Mais je sais que je vais dans le bon sens.

Même quand cela m'angoisse. Même quand je doute.

Je suis le mouvement.

Je vis l'instant.

Je redécouvre des choses simples : un café partagé sans tension, un rire qui ne cache rien, une main posée sur la mienne sans calcul.

Je ne me souvenais plus que la vie pouvait être douce.

Je ne me souvenais plus qu'un geste pouvait être bienveillant sans arrière-pensée.

Pendant des années, j'ai fini par détester les humains. Les juger avant qu'ils ne me jugent. Les repousser avant qu'ils ne me

blessent. Je pensais que tout n'était que façade.

Aujourd'hui, je regarde l'horizon.

La ligne où le ciel et la mer se touchent sans jamais se heurter. Ils ne se confondent pas. Ils coexistent.

Je respire.

Et pour la première fois depuis longtemps, je me dis que peut-être... on m'autorise à être heureuse.

Peut-être que j'ai le droit de vivre sans me justifier.

Peut-être que je peux simplement exister.

Et me dire cela, déjà, c'est immense.

70

Nous rentrons de mer en fin d'après-midi, les joues encore rosies par le vent. Le ciel est clair, la lumière plus douce qu'au matin. Je marche aux côtés de Julien avec cette fatigue saine qu'on ressent après avoir vraiment vécu.

En poussant la porte, l'odeur du bois et du sel mêlés m'accueille comme une maison qui m'a adoptée.

Elena est installée dans le fauteuil près de la fenêtre, un livre ouvert sur les genoux. Elle lève les yeux en nous entendant entrer et son sourire s'élargit aussitôt.

— Alors ? Cette journée ?

Elle me regarde, moi. Pas son frère.

Je m'illumine sans même m'en rendre compte.

— Incroyable. Tu sais qu'ils ont analysé les relevés de salinité sur trois ans pour comparer les migrations ? Et j'ai pu aider à vérifier les courbes… et le vétérinaire m'a expliqué comment ils évaluent le stress physiologique chez les cétacés avant la remise à l'eau…

Je parle vite. Trop vite peut-être. Mais je ne m'arrête pas. Les mots reviennent naturellement, techniques, précis, vivants.

Elena m'écoute avec cette fierté tranquille. Julien, lui, me regarde comme si je lui révélais quelque chose qu'il savait déjà mais qu'il n'avait jamais vu aussi clairement.

Il sert trois verres de vin et m'en tend un sans rien dire. Son regard dit simplement : continue.

Je m'assois à la table, encore portée par l'élan de la journée. Mon ordinateur est là. Je l'ouvre presque machinalement.

Une notification apparaît.

Ce n'est pas Instagram.

Ce n'est pas un message indésirable.

Ce n'est pas Fabrice.

C'est le logo de la faculté.

Mon cœur ralentit brusquement.

Je relève les yeux vers Julien et Elena.

— Je crois que... j'ai la réponse.

Elena se lève aussitôt et vient se placer derrière moi, ses mains posées sur le dossier de la chaise.

— Qu'est-ce que tu attends ? Ouvre !

Julien s'approche, mais il ne me presse pas. Il reste à côté de moi, calme.

Je fixe l'écran.

Et soudain, une vieille voix remonte. Sourde. Insidieuse.

Tu n'es pas assez bien.

Tu es illettrée.

Tu n'arriveras à rien.

Mon visage se ferme malgré moi. Une seconde. Deux.

Elena pose doucement sa main sur mon épaule.

— N'aie pas peur. Il y a toujours d'autres chemins pour vivre une passion.

Sa voix ne nie pas la possibilité d'un refus. Elle ouvre déjà une alternative. Elle m'offre un espace.

Je respire profondément.

Puis je clique.

Les mots apparaissent.

« Bonjour,

Après étude de votre dossier, nous avons le plaisir de vous informer que votre candidature a été retenue... »

Je relis. Une fois. Deux fois.

Les lettres ne bougent pas.

Je ne parle plus. Mon corps lâche avant mes pensées. Les larmes montent sans prévenir et je porte une main à ma bouche pour étouffer un sanglot.

— Clara ? murmure Julien.

Je hoche la tête, incapable de formuler la phrase.

— Je suis prise.

Les mots sortent enfin.

Elena laisse échapper un cri de joie et m'entoure immédiatement de ses bras. Julien se penche et nous enlace toutes les deux. Le rire se mélange aux larmes.

Ce ne sont pas des pleurs de réparation.

Ce sont des pleurs de naissance.

Je regarde l'écran encore une fois.

Ce n'est pas seulement une admission.

Ce n'est pas seulement un retour aux études.

C'est la preuve que je n'étais jamais **incapable.**

Jamais trop fragile.

Jamais trop peu.

Julien pose son front contre le mien.

— Je savais que tu étais faite pour ça.

Je souris à travers mes larmes.

— Moi, j'avais oublié.

Elena recule et lève son verre.

— la nouvelle scientifique marine de la maison.

Nous rions.

Le soleil descend lentement derrière la baie vitrée. La mer reflète une lumière dorée, presque liquide. Tout semble à sa place.

Je ne sais pas encore comment les choses s'organiseront. Je ne sais pas comment je jonglerai entre la faculté, le navire, l'île.

Mais pour la première fois, je ne ressens pas l'étau.

Je regarde Julien.

Je regarde Elena.

Je regarde l'horizon.

Et je comprends enfin quelque chose de simple :

« Le bonheur n'était pas
une destination lointaine.
Il était là.
Au bord de l'eau.
En moi. »

www.editions-briorde.fr

ISBN : 979-10-984650-6-2
Dépôt légal : Mars 2026

Couverture et maquette : Éditions Briorde
Mise en page : Éditions Briorde

www.ingramcontent.com/pod-product-compliance
Lightning Source LLC
LaVergne TN
LVHW010607100826
845148LV00014B/2876

* 9 7 9 1 0 9 8 4 6 5 0 6 2 *